力道山を刺した男 村田勝志

「力道山刺傷事件」を背負った
父と娘の激闘譜――

山平重樹

目次

第一章

運命の交錯 ——力道山が刺された夜

力道山を刺した村田勝志

1

——あれは、まさしく運命……オレにとっちゃ、避けられようもない運命であったのだ。あの日、あの場所にいて、あの男と遭遇し、ああいうふうになってしまったという紛れもない現実。……巡りあわせとしか言いようがないじゃないか……。

村田勝志は、のちのち、事件のことを振り返るたびに、そう思わざるを得なかった。

本来なら酒場でのささいな喧嘩に過ぎなかった。だが、相手が悪かった。

何せ敗戦で打ちひしがれた戦後の日本人を熱狂させ、勇気づけ、日本中に一大ブームを巻き起こした国民的ヒーローであったのだから。村田にすれば、とんだ魔の日となった。

この日から、「力道山を刺した男」の烙印を押され、その冠《かんむり》は、村田の生涯、ついてまわることになるのだ。

なぜ、そんなことになってしまったのか？　村田は、我ながら不思議でならなかった。力道山を刺さなければならない理由など、どこにもなかったからだ。

それどころか、力道山は、村田の中でも、中学生のころからの憧れのヒーロー、多くの日本人同様、惜しみなく拍手喝采と声援を送ってきたスーパースターだった。

なぜ、そんな男を刺さねばならなかったのか？

確かに国民的ヒーローらしからぬ数々の御乱行の噂も、村田は耳にしていた。

大酒飲みで知られ、酒が入ると、人格が変わること。誰彼となく絡みだし、暴力を振るっては行く先々の酒場等でトラブルを起こしていたこと。暴力といっても、力道山の腕力をもってすれば、軽く済むはずがなかった。

「力道山だけは許せない。今度会ったら必ず殺してやる！」

と息まき、いつも持ち歩くハンドバッグに小型拳銃を忍ばせていた銀座のママもいたほどだ。力道山から口説かれたのを断ったがゆえに、彼女は骨にヒビが入るほど殴られていた。

地方巡業などでも、力道山は地元のヤクザ組織と揉め、命を狙われたことも少なからずあったという。それが表沙汰にならず、力道山が無事で済んだのも、側近や関係者が必死に事態収拾に動いたがゆえに他ならなかった。

いつしか裏社会の間でも、

「力道山はいつか必ず誰かに殺《や》られるぜ」

と囁かれるようになっていた。

もとより村田にも、そんな風聞《ふうぶん》は伝わってきていた。

〈だからって、それが何でオレだったんだ？　よりによって、何だって、オレにおハチがまわってくるんだ？〉

村田はそこに運命的なものを感ぜずにはいられなかった。

事件が起きたのは昭和38年12月8日夜、東京・赤坂にあったナイトクラブ、「ニューラテンクォーター」でのこと。そのとき、村田は24歳、住吉一家大日本興行・小林楠扶の一統として血気盛ん、恐いもの知らずの年齢であった。

この夜、村田がニューラテンクォーターに赴いたのは10時近くになっていて、連れは3人。一人は通称「キンさん」という身内、あとの二人が銀座の美人喫茶「レディースターン」のホステスだった。

一杯の珈琲代が一般的な喫茶店のそれより十倍高い美人喫茶は、文字通り美人の女の子を揃えていて、その中でもレディースターンは、安藤組との攻防で名を馳せ、〝乗っとり屋〟の悪名も高い横井英樹が経営する有名店であった。

その店の馴染みの娘をラテンに誘った村田の魂胆ははっきりしていた。お気に入りの彼女のほうを今夜中にもゲットしたかったのだ。

当時、ニューラテンクォーターは東洋一ゴージャスなナイトクラブとして知られ、ステージでは夜な夜な海外の一流ミュージシャンよるライブショーが繰り広げられていた。

「ラテンに女を連れて行って落とせないようでは、男の名折れ」

と言われるほど、別格の店であった。

村田の思惑通り、美人喫茶の女の子は、初めて連れて来てもらったニューラテンクォーターの格調の高さ、豪華絢爛《ごうかけんらん》さ、その華やかなショーに、目を見張っていた。銀座で揉まれ、ちょっとやそっとのことでは動じない二人の娘が、たちまちその雰囲気に圧倒され、そのムードにうっとりと酔いしれているのだ。

もはや言葉は何ひとつ不要であることは、誰の目にも見てとれた。

「勝《かっ》ちゃん、この娘《こ》たち、もう口説く先から落ちちゃってるよ」

相棒のキンさんが、村田の耳元で囁いた。

村田も満足そうに頷《うなず》くと、腕時計に目を遣《や》り、

「まだまだ宵の口、お楽しみはこれからだよ」

と言って、おもむろに立ちあがった。

「トイレに行ってくる」

11時を少しまわったばかりだった。

村田は一人、メインホールからロビーホールに出ると、左手の男子化粧室に向かってゆっくりと歩を進めた。

――と、トイレの入り口のところで、村田も馴染みのホステス直美と立ち話をしている客の姿が目についた。村田には男が直美を口説いているとしか見えなかった。

そのガッシリした体格の大柄な男の顔を見て、村田は「おっ」と少し驚いた。ラテンで有名人と会うのは少しも珍しいことではなかったが、その顔は日本中の誰もが知っている顔――力道山であった。

〈力道山《ヤツ》も来てたのか……〉

過去にもラテンで何度か見かけたことはあったし、村田自身、力道山とは面識があった。

力道山が神奈川茅ケ崎警察署長の長女で日航の客室乗務員の田中敬子と結婚したのは、半年前、この年の6月5日のことである。結婚披露宴は自民党副総裁大野伴睦、参議院議員井上清一両夫妻の媒酌で、ホテルオークラにおいて各界の名士3000人が招かれて執り行われた。

親分である小林楠扶も招待され、その代理で出席したのが村田であった。

村田も力道山とは何かと因縁があった。

ワンマン、お山の大将で知られる力道山が何より嫌ったのは、自分で車を運転中、他の車から追い抜かれることだった。それをやってしまって、力道山から殴られたタクシー運転手もいたほどだ。

あるとき、赤坂あたりで小林楠扶を乗せた車が、力道山の車と知らずに追い抜いたことがあった。すぐに抜き返されて停止させられ、車を降りてきた力道山が憮然とした顔で小林の車に近づいた。

「あのヤロー、何だってんだ?! ふざけたマネを……」

後部座席で小林の隣りに座っていた村田が、それに気づいて降りようとしたとき、手で制したのが小林だった。

車の中を覗きこんだ力道山の怒りの顔が、小林を見るなり、ハッとした表情に変わった。

「……何だ、小林さんの車か」

バツが悪そうに言った。

「てめえ、人の車を止めやがって！ どういう了見だ！」

村田が怒鳴りつけるのを、

「村田、やめとけ」

小林が腕を伸ばして、村田の躰を押さえつけた。

力道山もさすがにまずいと見たのだろう。

「いや、それならいいんだ」

そのまま大人しく引きあげて行くのだった。

……そんなことを思い出しながら、村田はニューラテンクォーターで、力道山がいるトイレ入り口に向かって一歩一歩近づいて行く。

〈どうしよう？　ここは一応、小林の若い者として、挨拶しといたほうがいいかな？〉

村田は考えた。が、すぐに考え直し、

〈いや、やめとこう。どうせ、オレのことなんざ憶えてもいないだろうし、女を口説いてる最中のヤツに、ヤボってもんだ〉

と、知らんぷりを決めこんだ。

村田はトイレ入り口前に立つ力道山の脇をすり抜けるようにして、洗面所へと入った。入り口の幅は1メートル足らずと狭かった。

「ちょっと待て」

村田は後ろからいきなり襟首を摑《つか》まれた。

「オレの足を踏みやがって！」

振り返ると、力道山が凄い形相《ぎょうそう》で村田を睨んでいた。

2

この夜、力道山がニューラテンクォーターに現われたときには、ほぼ泥酔状態であった。

この日は彼をことのほか上機嫌にさせる出来事があって、まだ日の明るいうちから酒を飲み続けた結果だった。

力道山の上機嫌の理由は、昼前に、日本相撲協会理事の高砂親方（元横綱・前田山）が、自宅のある東京・赤坂のリキ・アパートに訪ねてきたことだった。

相撲協会が計画する大相撲アメリカ（ハワイ・ロサンゼルス）巡業についての相談で、現地の興行情報に精通している力道山に、

「ぜひ御意見をお伺いしたい」

と頼みに来たのである。

かつて大相撲力士として関脇まで昇進しながら、自分で髷《まげ》を包丁で切ってやめた男が、力道山であった。喧嘩別れして自分を廃業に追いこんだその角界が、頭を下げて頼みごとに来たのだから、彼とすれば、こんな嬉しいこともなかったろう。

プロレスラーに転向し大成功を収めた自分の栄光を、改めて噛みしめることになったのかもしれ

ない。

　加えて解放感もあったのは、本業のプロレスのほうも、前夜の静岡・浜松巡業で今年の全日程を終了していたからだった。

　昨夜、浜松市体育館のリングに立った力道山は、メインイベントの6人タッグマッチに登場、グレート東郷、吉村道明と組んで、ザ・デストロイヤー、キラー・バディ・オースチン、イリオ・デ・パオロ組を相手に激しいファイティングを繰り広げた。それが今年最後となるばかりか、生涯最後のリングとなるとは、力道山は夢にも思わなかったことだろう。

　試合を終えた力道山は、浜松から東海道本線の夜行列車（新幹線が開通するのは翌39年のこと）で帰京し、赤坂の自宅には早朝に帰宅。昼には相撲協会理事の高砂親方一行が来訪する予定があったので、それまで仮眠を取った。

　相撲協会の用件は、力道山の眠気をいっぺんに吹き飛ばした。彼らは辞を低くして力道山にアドバイスを求めてきたのだから、何をか言わん。

　相談を受けながら、力道山は客たちをジョニ黒ウイスキーでもてなし、自分も大いに飲んだ。いわば、〝手打ち〟のようなものだった。途中で力道山は弟子のアントニオ猪木を呼び出して、一時、猪木をも同席させたという。

　このころ、力道山は得意の絶頂にあり、わが世の春を謳歌していた。この年――昭和38年もプロレス人気は衰えず、その頂点に立つ空手チョップの王者、力道山は不動の座を占めていた。

同年5月24日、東京体育館で開催された覆面レスラーのWWA王者、ザ・デストロイヤーとのWWA世界選手権試合では、のちのちまで語り草となるような壮絶な死闘を演じた。力道山の空手チョップとデストロイヤーの足四の字固め——両者の得意技が炸裂、その応酬の末に最後は足四の字固めでともに動けなくなりレフリーストップになった。この試合、テレビの最高視聴率が64・0%という驚異的な数字を記録した。

凄まじいまでのプロレス人気が続くなか、力道山は6月には晴れて結婚して身を固め、公私ともに充実していた。

彼は事業家としても才覚があり、プロレス興行のプロモーターとしてだけでなく、他のビジネスにも手を伸ばし、手腕を振るっていた。

昭和36年7月には、総工費30億円、地上7階、地下2階、屋上には王冠を模したネオンサインが燦《さん》然《ぜん》と輝くプロレスの殿堂「リキ・スポーツパレス」を渋谷区大和田町にオープンさせていた。同パレスは、3000人収容のホールを始め、近代的な男女別スポーツジム、ボウリング場、トルコ風呂(蒸し風呂)、レストランを備えた最新の総合レジャー施設だった。

また、赤坂には、内外一流ミュージシャンによるショー主体のナイトクラブ「クラブ・リキ」、超高級マンションの草分け的な「リキ・アパート」を経営、さらには神奈川・相模湖畔にゴルフ場「レイクサイド・カントリークラブ」までをも建設中だった。

力道山はまさに飛ぶ鳥を落とす勢いにあったのだ。そこへもってきて、かつて自分を追放した相撲協会の幹部が、膝を屈して相談ごとを持って来たのだから、これ以上愉快なこともなかったろう。

自宅でジョニ黒を飲み交わし、すっかり上機嫌になった力道山は、高砂親方たちを赤坂の料亭「千代新」に誘った。そこでもかなりのペースで飲み続けたという。

宴会がお開きになったのは夜9時近くだった。TBSラジオの朝丘雪路の番組に、力道山がゲスト出演する予定があったからだ。番組のスタッフが千代新まで迎えに来て、力道山一行は高砂親方たちと別れ、店から程近いTBSへと向かった。

だが、すっかり酔っ払った力道山は、とても収録などできるような状態ではなかった。スタジオで一人、はしゃいで大騒ぎし、とまどい気味の朝丘雪路をよそに、終いには歌まで歌い出した。村田英雄の『王将』をご機嫌で披露したのだ。

番組のプロデューサーが、一緒についていた力道山のマネージャー・吉村義雄に、

「これじゃ番組になりませんから、今回はボツということで……」

とソッと告げたものだ。

そんな周囲の困惑もどこ吹く風、ボツになったことも知らず、あくまで無事に収録を終えたとしか思っていない力道山は、ご機嫌のままにTBSラジオをあとにしたのだった。

すでにこの時点で、吉村マネージャーは早くから力道山に指示されて、赤坂のナイトクラブ「コパカバーナ」への予約を済ませていた。

「よし、いまからコパだ！」

気勢をあげる力道山に、取り巻きの一人、リキ観光開発専務のキャピー原田が、

「先生、今夜はずいぶんお酒を召してるようですから、帰りましょ」

恐る恐る申し出た。が、それが逆効果にしかならないことを誰よりも知っているのが、側近の吉村だった。案の定、

「よし、コパはやめた。ラテンへ行くぞ！」

人の言うことに逆らうのは、酔ったときの力道山の悪い癖だった。それにしても、なぜコパカバーナがいきなりニューラテンクォーターに変わったのかはわからず、力道山の気まぐれとしか思えなかった。

吉村は仕方なくコパカバーナに電話して予約を取り消し、同じ赤坂の目と鼻の先にあるニューラテンクォーターに、新たに予約を入れ直した。日曜日とあって、ラテンも客は一杯ではなかった。

TBSからニューラテンクォーターまでは歩いてすぐだった。目の前の外堀通りを渡って東に少し歩けば、ホテルニュージャパンが見えてくる。その敷地内の地下にあるのが、ニューラテンクォーターであった。

この夜の力道山の取り巻きは、マネージャーでリキ・エンタープライズ専務の吉村義雄、同営業部長の長谷川秀男、安田秘書、キャピー原田、ハワイ在住の友人・テリー山本、スポーツニッポン新聞社寺田運動部長、それに女性二人――という8人。

このメンバーを従え、力道山が運命のニューラテンクォーターに着いたのは、午後10時少し前のこ

とだった。

3

「リキさんがお見えです」

フロント主任の長谷川昭一郎からの連絡を受けて、店の応接室兼事務所にいた山本信太郎副社長(のちに社長)が、

「了解。すぐ伺うよ」

と応じてそそくさに立ちあがり、力道山の席に挨拶に向かったのは、いつものことだった。相手は誰もが知る国民的ヒーローであるという以前に、ラテンのオープン当初からの常連客であり、何より信太郎自身、個人的にも親しくしてもらっている間柄であったことにもよる。

力道山一行はステージに近い2列目のテーブルに着いていた。

「先生、ようこそ、いらっしゃいませ」

「よおっ、若社長、よろしくな」

信太郎の目にも、この夜の力道山はいつにも増して酔っており、高揚しているようにも見受けられた。

ステージでは黒人コーラスグループのザ・ワンダラーズが歌い、バックバンドはラテン専属の「海

老原啓一郎とロブスタース」だった。クラブ・リキにも出ているバンドで、力道山にも馴染みのメンバーだった。

そんな身内意識もあってのことか、力道山はステージに向かってコースターを投げつけたり、野次まで飛ばしだした。

が、その程度のことは可愛いもので、いつもの彼の酒癖であり、信太郎には別段驚くことでもなかった。

力道山の酒癖の悪さから来る振る舞いが災いして、信太郎も過去、店でヒヤッとした思いをさせられたのは、一度や二度ではなかった。

ある夜、ラテンに入店した力道山は、したたかに酔っていた。テーブルに案内される道中で、たまたま他の席にいた知りあいに遭遇、目顔で挨拶されても、「フン！」とばかりにソッポを向いた。

だが、相手が悪かった。大物ヤクザ——元銀座警察の最高幹部で、住吉一家大幹部の泥谷《ひじや》直幸であった。人を人とも思わぬ力道山の傲慢な態度に、泥谷も呆れ返り、

「おい、リキ！」

と呼びかけ、手招きをした。

振り返った力道山は、「何だ！」と言わんばかりに肩をそびやかして近づいてくる。

これには、泥谷もキレた。

「このヤロー、オレの顔も忘れたか?!」

テーブルの下から、力道山に挙銃を突きつけた。

力道山も挙銃と知ってハッとした顔になり、初めて我に返ったように、

「……泥谷《ひじや》さん、いったいどうしたんですか」

と態度を改めた。

「何だ、オレのこと知ってるじゃないか」

「知らないわけないでしょ」

「知っているなら、なお悪いな。オレが挨拶を教えてやろう。そこ、動くなよ」

「……じょ、冗談はよしてくださいよ、泥谷さん」

挙銃を目の前にして、力道山もさすがにいっぺんで酔いが醒めたようだった。

「じゃあ、おまえ、年長者にちゃんと挨拶してみろ」

「失礼しました。泥谷さん、おはようございます」

「おお、できるじゃないか。もういいよ」

二人は何事もなく別れ、力道山もそこから遠く離れたテーブルへと案内された。

あとでスタッフから報告を受けた信太郎は、

「それきり何も起こらず、お二人とも別々に楽しく飲んで帰られました」

と聞いて、胸をなでおろしたものの、胆が冷えるような思いがしたものだ。そのあとで何も起こらなかったことが、奇蹟《きせき》のようにさえ思えたものだ。

そんなふうに酒が過ぎたときの力道山にはハラハラさせられたが、信太郎にとって、素顔の「リキさん」はいたって紳士、若いナイトクラブ経営者を何かと引き立てて可愛いがってくれる、年の離れた良き兄貴分であった。

信太郎が、実業家の父、山本平八郎から、ニューラテンクォーターの経営を任されたのは24歳のときである。父の平八郎は九州の博多で11軒のキャバレーやクラブを経営し、「キャバレー王」と称される立志伝中の人物、地元福岡の名士であった。

戦時中、特務機関として上海で暗躍した児玉誉士夫の旧児玉機関の副機関長をつとめた吉田彦太郎とは従兄弟にあたり、平八郎自身、児玉機関の福岡責任者の立場にあった。

ニューラテンクォーターの設立にはいわくがあり、その東京・赤坂の一等地は、戦後すぐに旧児玉機関の管理する土地となり、一時期（昭和28年〜31年）、そこでナイトクラブ「ラテンクォーター」（ニューラテンクォーターの前身ともいえる）を、旧児玉機関は元マフィアや元キャノン機関員の外人と共同経営していた。

昭和31年、旧ラテンが火事で焼失すると、ホテルニュージャパン建設の計画が生まれ、山本平八郎は従兄弟の吉田彦太郎から、

「平《へい》ちゃん、今度、ラテンの跡に、東洋一のホテルができるそうじゃから、そこでクラブばやらんな」

と打診され、長男の信太郎に任せてみる気になったのだった。

信太郎が地元の福岡大学を卒業後、上京して1年後にニューラテンクォーターは赤坂にオープンし

た。なにしろ若くて右も左もわからぬ信太郎に、力道山は（父平八郎とは親交があり、信太郎とも福岡時代に面識があった）やさしかった。

同じ赤坂で同じ形態の――内外の一流ミュージャンのライブショーを売り物とするナイトクラブ（クラブ・リキ）を経営する先輩として、アドバイスを惜しまず、海外の音楽情報を教えてくればかりか、当初から店の贔屓客になってくれたのだ。

力道山はラテンの恩人でもあった。あるとき、信太郎はプロレス興行で渡米中の彼から、国際電話を受けたことがあった。

「いやあ、信太郎さん、凄いショーマンを見つけたよ。絶対に日本でも受けると思うよ！」

いきなり興奮した力道山の声が、信太郎の耳に飛びこんできた。

アール・グラントという、ハモンドオルガンとピアノを弾きながら歌って踊るミュージシャンで、信太郎も初めて耳にする名だった。

「珍しいですね、先生がそんなに絶賛するというのは」

「ワシが話をつけて彼を日本に呼ぶから、ラテンでやらないか」

「ぜひお願いします」

信太郎は二つ返事で応えた。力道山の音楽やショーに対する鋭い勘、プロモーターとしての手腕に、敬愛の念を抱いていたからだった。

これが大当たりした。「リキ・プロ」の招聘《しょうへい》で実現したアール・グラントのショーは、ニューラテンクォーターの客の心を摑んで、連日大入り満員、記録的な大ヒットとなった。

ショーに感動した大映社長の永田雅一などは連日、自社の俳優陣を連れて来店し、彼らに、

「これぞ、本場のプロのショー。君らもよく観ときなさい！」

と〝永田ラッパ〟と言われる檄を飛ばした。

なかでも勝新太郎は、アール・グラントによって役者開眼のきっかけを摑み、やがて信太郎とは兄弟分の契りを交わすまでの仲となった。

アール・グラントの成功で、ニューラテンクォーターは名実ともに東洋一のナイトクラブへの道を切り開き、信太郎にも勝新との兄弟分づきあいという副産物まで齎《もたら》した。

それもこれもアメリカでアール・グラントを発見し、日本への招聘を実現させた力道山のお陰であった。

それでなくても、信太郎にとって力道山は強い男の代名詞、永遠の憧れのヒーローのままだった。福岡の高校時代から、テレビでプロレスの試合を観るたびに、空手チョップで外国人レスラーをなぎ倒すリングの英雄の姿にどれだけシビれ、その虜になったことだろう。

実際に力道山はブラウン管の中だけでなく、現実のうえでもいかに強い男か、信太郎はまざまざと見せつけられたことがあった。

それはプロレスの巡業で、力道山が博多へ来た折のこと。当時、福岡で一番喧嘩が強いと評されたヤクザ者が、ある酒場で力道山に勝負を挑んだのだ。

結果は1分もかからなかった。力道山は相撲の鉄砲の要領で男の胸を突いて吹っ飛ばし、さらに向かってきた相手を腰投げで倒すと、うつ伏せになったその背中を、ドンと足で踏んづけた。相手は身動きもままならず、そこで勝負あり――となったのだ。

それを目のあたりにした信太郎は、

〈強か！　こげな強か男は世の中におらんたい！〉

と実感したものだった。

そんなスーパースターも実は酒癖が悪く、行状の悪さが聞こえて来るようになり、ニューラテンクォーターで現実に目にすることにもなるのだが、信太郎の中で、力道山への思いは少しも変わらなかった。

だが、それにしても、この夜ばかりは少々様子が変だった。噂に聞く力道山のグラスかじりの酒癖を、バーカウンターで見たのも、信太郎はこの夜が初めてだった。

力道山が洗面所に向かったのは、午後11時過ぎのことで、

「リキさんがトイレに行かれました」

と連絡を受けた信太郎は、ただちにロビーホールに赴いた。同ホールの端にある椅子に座って、トイレから出てくる力道山を待つためだった。

すると、腰を下ろして間もなくして、信太郎の側をサッと一人の男が通り過ぎて行った。洗面所に向かう客で、信太郎が気づいたときには、後ろ姿しか見えなかった。大柄な若い男で、誰だかわから

なかったが、どこかで見たような背格好にも思えた。

が、信太郎には、それがこのとき自分の胸を通り過ぎた不吉な影のようにも感じられた。

4

「踏んだ覚えはねえよ」

力道山にいちゃもんをつけられ、村田勝志は冷静に言い返した。

「何い、このヤロー、ぶっ殺すぞ！」

村田は驚いた。こいつは本当にあの天下の力道山なのか？　いったいどうしたらこんなセリフが出てくるんだ?!　これじゃどっちがヤクザか、わからねえじゃないか……許せんな！

村田は怒り心頭に発し、

「――殺せるもんなら殺してみろ！　ここは原っぱの真ん中じゃねえ！　てめえみたいな図体のでかいのがつっ立ってりゃ、少々ぶつかってもおかしかねえだろ！」

と吼《ほ》え、右手をサッと上着の懐に入れた。懐には何も持っていなかったのだが、相手を威嚇するためだった。

力道山もここで初めて相手がヤクザ者と気づいたのだろう、

「わかった、わかった。仲直りしよう」

と打って変わった物言いになった。

が、むろん収まらないのは若い村田で、

「何を言ってやがる！　それで通ると思ってるのか？　オレはヤクザでメシ食ってるんだ。オレの顔の立つようにしろ！」

と再び吼えた。その途端、

「何だと、このヤロー！」

力道山の拳がいきなり村田の顔めがけて飛んできた。それは村田とて躱《かわ》しようもなく、顎にまともに喰らって二、三メートルも吹っ飛ばされ、床に尻餅をつくハメになった。

このとき、すぐ目の前で繰り広げられている、このバトルを、唖然《あぜん》として見ていたのが、山本信太郎であった。

いったい何が起きたのか。信太郎には、わけがわからなかった。

つい最前、自分の側を通り過ぎて行った男がトイレに到着、その入り口付近にいた力道山とすれ違ったと思いきや、突如始まったこの騒ぎ。

「ヤロー、やりやがったな！」

床に転がされてもなお怯《ひる》まず、怒りを剥き出しにして力道山に飛びかかっていく男。この男が何者であるのか、動転した信太郎にはまだわからなかった。

二人は再び正面からぶつかりあい、取っ組みあいになった。その直後、男のほうが力道山を首投げのような格好に抱えこんだときには信太郎も仰天、わが目を疑わずにはいられなかった。

力道山相手にこの戦い、よほど喧嘩馴れした男なのだろうか。背丈はむしろ力道山より男のほうが大きいようにも見受けられた。

だが、信太郎には、悪夢としか思えなかった。ロビーホールのトイレ前で起きているこの異常事態。決してあってはならない出来事……。

まわりを見渡すと、いつのまにか誰もいなくなっていた。客もいなければ、スタッフの姿も見えない。力道山の相手をしていたホステス直美の姿も消えており、トイレパウダー係の佐藤正男も洗面所の中に籠もったままなのか、その姿はなかった。

つまり、この場の目撃者は信太郎一人であった。

信太郎は図らずも、戦後最大の国民的ヒーローが刺されるという、歴史的な事件のただ一人の目撃者となったのだ。

目の前で展開される巨漢同士の揉みあい、取っ組みあい。動きは目まぐるしかった。

形勢はあっという間に逆転していた。最前まで不利な体勢に見えた力道山、履いかぶさるようにして相手を倒すと、うつ伏せに組み伏していた。

一時的にも首を押さえこまれた屈辱からか、力道山は馬乗りになるや、エキサイトし、

「このヤロー！　よくも……」

力任せに相手の頭を殴り始めた。

これには村田も、心底恐怖し危機感を覚えていた。

〈噂通りだ。こいつは酒乱だ！　狂ってやがる。このままでは本当に殺されてしまう！〉

さらに頭をよぎったのは、前年2月、やはりプロレスラー相手の喧嘩で、ボコボコにされ、あわやという寸前までいった記憶であった。

相手は来日中のリッキー・ワルドーという黒人レスラーで、発端は六本木の「シマ」というナイトクラブだった。その店で飲んでいた村田のテーブルに、リッキーともう一人の白人レスラーとがやってきて、隣りの席に座ろうとするから、

「ノー、そこは友人の席だ」

村田が注意した。ちょうど連れの銀座ホステスがその席を立ったばかりだった。

ところが、リッキーはいきなり村田の顔面を殴ってきた。村田が煙草を取り出そうとして懐に手を入れたのが、拳銃を出すものと勘違いしたらしい。

「何しやがる！」

村田が激怒すると、リッキーはパッと外に逃げた。

「ヤロー、待ちやがれ！」

カウンターから洋食ナイフを摑むや、村田は追いかけ、二人は外で対峙しあった。

そこへ連れの白人レスラーが、タイミングよくリッキーに丸太ん棒を放ってよこした。それを摑んだリッキー、村田の頭めがけて振りおろした。丸太ん棒は「バシッ！」と村田の頭を直撃し、真っ二

つに折れた。

と同時に、村田のナイフも相手の腹を思いきり突いた……はずであった。が、手応えはなかった。ベルトに阻まれたのだ。ナイフも手から滑り落ちた。

それでも頭から血を流しながらも、村田はリッキーに突進していく。子どものころからの〝突貫小僧〟の異名は伊達ではなかった。激しい殴りあいになった。

プロレスラーの鍛え抜かれた肉体は鋼鉄のようで、村田のパンチは少しも効いた様子はなかった。ばかりか、リッキーはまたしても別の丸太ん棒を手にするや、それで村田に襲いかかった。丸太は鈍い音を立てて村田の頭を捕らえ、またも真っ二つに折れた。

大きな衝撃で、一瞬意識が遠のき、倒れそうになるのを、村田は踏んばって堪え、ファイテングポーズを崩さなかった。

「まだまだだ！　来やがれ、このヤローー！」

〈日本のヤクザの根性を見せてやる！〉――と、胸の内で吼えた。が、強がりもいいところで、自分でも限界が見えていた。

そこをリッキーは容赦なく攻めたててくる。パンチは重く、一発一発が村田の脳天に響いてくる。頭は割られて血が噴き出、かなりの数を殴られた顔面も血みどろで、大きく腫れあがり、もはや原形を留めていなかった。

〈殺される……〉

村田ははっきり意識した。が、死んでも「参った」とか「助けてくれ」と言うわけにはいかなかった。逃げたら最後、それでヤクザ生命も終いとなるのだ。

死を覚悟したとき、すぐ間近でサイレンの音が聞こえてきた。パトカーだった。間一髪のところで命拾いしたのだった。

……そのときの恐怖がまざまざと甦ってくる。

村田はいま、ニューラテンクォーターのトイレ前のロビーフロアで、酒乱と化した力道山にうつ伏せに組み伏せられ、頭をバンバン殴りつけられているのだ。

〈……殺される！〉

村田の焦りはピークに達した。なんとかせねば――と必死の思いで身体を半回転させ右手を伸ばすと、指先に触れるものがあった。

ベルトの左脇腹部に差していた刃渡り13・5センチの登山ナイフだった。ドイツのゾーリンゲン社製で、象牙でできたグリップに指先が触れたのだ。

〈しめた！　これがあれば……〉

ベルトからそれを引き抜くや、すばやく鞘《さや》を払う。ナイフを手にした村田が、下から力道山の躰に突き刺そうとしたところに、その巨体が覆い被さってきた。

その重さでナイフがスーッと力道山の左下腹部に突き刺さっていくような感覚だった。村田には、刃の根元までナイフが入った感触があった。

と同時に、力道山がピョーンと弾かれたように跳ね起きた。その直後、ドスンという大きな音がしたのは、力道山が背中をロビーホールの壁にぶつけたからだった。

彼はそのまま背中を壁にもたれたままズルズルッと床にへたりこんだ。

村田もすばやく立ちあがった。力道山と対峙し、油断なく身構えた。眼を血走らせ、殺気立っている。

そのとき、初めて男の顔を正面から見て、彼が何者であるかを知ったのが、唯一の事件の目撃者、山本信太郎であった。

よく知る顔が、そこにあった。

5

「――勝《かっ》ちゃん……な、何で…」

信太郎の口から、思わずうめき声にも似た声が漏れ出た。

力道山の喧嘩相手が馴染みの常連客、村田勝志と知って、二重の衝撃が信太郎を襲った。

が、信太郎の声は、村田に聞こえたようには見えなかった。目と目があったとばかり思ったのに、村田のほうは、いっこう信太郎に気づいた様子もなかった。

実はこのとき、村田が視線を送ったのは信太郎にではなく、床に転がったナイフの鞘に対してのものだった。

鞘を拾おうかどうしようか躊躇して、結局やめたのは、〈いや、オレがそのために屈んだ瞬間、こやつに蹴りあげられてしまうだろ〉と警戒したからだ。それでなくても、この場合、村田には周囲に目を遣る余裕などなかった。

壁を背にへたりこんだ力道山も、村田に眼を向けたまま瞬時に立ちあがって来そうだ。

信太郎が、村田の右手に握られたナイフに気がついたのも、このときが初めてだった。

二人が揉みあい摑みあった末にフロアに倒れ、力道山が上になったときに何が起きたのか、瞬時に覚った瞬間でもあった。

信太郎の目に、力道山のほうはもはや戦意があるようには見えなかった。いま起きたことが信じられないという顔で、ただ呆然と座りこんでいるとしか思えなかった。

そうと察したのか、村田が続いてとった行動はすばやかった。パッと身を翻すや、目の前にある、地上入り口へと延びる赤絨毯の長い階段をまっしぐらに駆けあがって行ったのだ。

「待て、こらっ！」

力道山も大声を発し、村田のあとを追おうとしたが、果たせなかった。

「……」

信太郎は唖然としてなす術もなく、駆け去る村田の後ろ姿を見送るしかなかった。まるで現実感がなく、一連の出来事が悪夢としか思えなかった。

とはいえ、よもやこれが力道山の死へと繋がり、世間を揺るがすような大事件になるなどということとが、どうして信太郎に信じられたであろうか。

我に返った信太郎に、力道山が鬼のような形相で近づいてきた。腹を刺されたことで明らかに興奮していた。

力道山は怒りに任せて信太郎の胸倉を摑んだ。

「信太郎さん！　どうしてオレを刺させたんだ?!」

片手一本で信太郎を宙に吊りあげて、力道山が吼えた。

〈――なんと?!〉

やはり村田はナイフで刺していたんだ――と知った以上に、信太郎は衝撃を受けた。

〈オレが刺させただと?!〉

「先生、何を仰るんです?!　どうして私がそんなことをしなければならないんですか？　誤解ですよ！」

信太郎は足をバタつかせながら必死に訴えた。

「何が誤解だ！」

力道山の片手一本の締めあげがなおきつくなる。

「……せ、先生、それよりお怪我のほうは……？」

自分の痛みもものかは、心配してくれる信太郎に、力道山もハッと気づいたように手を緩めた。吊りあげた相手を床におろすと、

「見ろ！」

シャツをまくって、刺された腹の傷跡を見せた。

信太郎が恐るその箇所を見ると、血は流れておらず、傷口らしい傷口もなかった。

Ｔシャツの腹の部分に小さな穴が空き、わずかに血痕がついているだけで、生身の肉体のほうは容易にその痕跡が見分け難かった。

傷は意外なほど浅手と思えるのに、信太郎も、

〈うん、これならたいしたことない。大丈夫だ！　ああ、よかった！〉

心底安堵したものだ。

それでも事態の大きさに気が気でなく、居ても立ってもいられなかった。

「犯人を追います」

と力道山に言い残すと、村田のあとを追って階段を駆けあがって行く。

が、地上へ出ても、すでに村田の姿はどこにも見当たらなかった。

〈それにしても、まさか、あの村田の勝《かっ》ちゃんだったとは……〉

興奮冷めやらぬままに、信太郎はラテンと隣接するホテルニュージャパンへと足が向いていた。

ホテル正面からロビーに入ってソファーに腰をおろしても、逃げ去った村田のことが頭から離れない。

ラテンをオープンしてちょうど丸４年。村田が店に顔を出すようになったのも、早い時期からだっ

た。まだ二十二、三歳という年齢を考えれば、分不相応、本来なら到底できることではなかった。なにせ各界一流名士が集う夜の社交場として知られ、一晩の会計が大卒初任給を超えるという店なのだ。

では、なぜ、村田は常連客となれたのか。答えは簡単だった。彼の親分である港会大日本興行幹部（のちの住吉会小林会会長）小林楠扶が、ニューラテンクォーターの顧問をつとめていたからだ。

信太郎は、村田が初めて来店した夜のことも覚えていた。すでに店の顧問の小林楠扶を通じて、その組員である彼とも知り合いになっていたとはいえ、まださほど親しい関係ではなかったころだ。

その夜、キャプテンの諸岡寛司から、

「石松様が4人ほどでお見えになってます」

と報告を受け、信太郎が「誰と？」と訊ねると、

「村田様というかたと御一緒です」

と言うので、信太郎もすぐにピンと来て、

「ああ、みんな、小林さんとこのお身内だよ」

と応えた。

信太郎は小林楠扶の自宅にも出入りしていたから、部屋住みの石松昭雄や村田勝志とも面識ができ、とくに石松とは、同じ福岡出身で小学校も同じ小学校と知ってからはなお親しくなり、「社長」「石松」

と呼びあう仲（信太郎が一学年先輩）になっていた。

その石松が村田を「勝《かっ》ちゃん」と呼んでいたので、信太郎もおのずと仲良くなり、「勝《かっ》ちゃん」と呼ぶ間柄になったのだ。

さて、村田の初来店の夜、一行が座ったテーブルを遠くから見遣った信太郎、ちょっと眉を顰《ひそ》めた。

「ありゃ、いかん」

一行は揃ってノーネクタイ、人目を引くハデな格好をしていた。とりわけ村田の服装は一番目立ってガラが悪かった。

信太郎の言わんとすることは、もう諸岡にもわかっているようだった。

「来店してくれるのはありがたいけど、他のお客様の手前、あの服装はいただけないな」

「確かに」

諸岡が頷いた。

「オレから言ったんでは角が立つ。諸岡、おまえからそれとなく言っといてくれないか」

「承知しました」

諸岡がさっそくその旨――上着・ネクタイ着用が店の決まりであることを伝えたところ、彼らは、

「そりゃ、知らなかった。悪かった」

と素直に詫び、次回からはきちんとした服装で来店するようになったのである。

あとで村田は信太郎に、

「ああいう場面じゃ、誰よりもオレはトッポイぞ、ヤバいぞってことを誇示しなきゃならんのが、オレたちの稼業だからさ」

と告げたものだったが。

それ以来、村田は服装のことはもちろん、他のことでも何ひとつ店に迷惑をかけるようなことはなかった。

〈——それなのに、なぜ、よりによって村田の勝《かっ》ちゃんが……〉

信太郎の思いは、そこに尽きた。

が、いつまでも思い悩んで店を離れているわけにはいかなかった。

信太郎はホテルニュージャパンのロビーから、ラテンに戻ることにした。ホテルの外に出て、目と鼻の先の店の地上入り口まで来たところで、地下から階段を駆けあがってきた男とバッタリ鉢あわせした。

村田の連れのキンさんだった。キンさんは険しい形相で信太郎を見据えた。普段は見たこともないような鋭い眼光だった。

次いで彼は、自分の口元に右手人差し指を立てて見せた。その意味するところは明白だった。オレのことは一切喋るなというサイン、暗然のメッセージであった。

黙って頷いた信太郎の背を、スーッと冷たいものが走り抜けた。

6

力道山を刺したあとで、村田は四十段程の赤絨毯の階段を一気に駆けあがり、表に出た。師走の夜の空気に触れても、興奮した身に、いっこうに寒さは感じなかった。目の前を走る外堀通り。タクシーはすぐに捕まった。

村田のすぐあとを追いかけてきた男が、村田に追いついたのは、彼がタクシーに乗る直前のことだった。

タクシーのドアを閉めようとして、隣りの席に乗りこんできた男を見て、村田は驚いた。

「あっ、あんたは……」

力道山のマネージャーで、リキ・エンタープライズ専務の吉村義雄であった。

だが、力道山と揉めた相手が、小林楠扶の舎弟の村田と知って、もっと驚いたのは、吉村のほうだった。

村田が去年、日本プロレスが招聘したプロレスラー、リッキー・ワルドーと六本木でやりあって負傷し入院したとき、力道山の代理で彼を見舞ったのも、吉村であった。二人は知った間柄だったのだ。

この日、吉村は千代新で力道山と合流したあと、ずっと一緒だった。ラテンでトイレに立った力道山の帰りが遅いので、心配していたところ、ボーイが力道山に指示されて吉村を呼びに来た。

急いで駆けつけてみると、力道山は洗面所前のフロアにへたりこんでいた。

「先生、どうしました？」

吉村の問いに、力道山は何も答えず、前のほうを指差すだけだった。その方角を見遣った吉村の眼に映ったのは、階段を駆けあがって行く若い男の後ろ姿であった。

吉村はただちにそのあとを追った。タクシーに乗りこむ寸前に、男に追いついたという次第だった。さすがに息を切らしながら、

「村田さん、どうしたの？　いったい何があったの？」

と問いつめると、返ってきた村田の言葉は、吉村を仰天させるに余りあった。

「喧嘩になって、おたくの先生を刺しちゃった。早く病院へ連れてかないと、ロクッちゃうよ。ナイフの根元まで脂がついてたから」

「ロクッちゃう」とは彼らの隠語で、南無阿弥陀仏の六の字からおロクになる、つまりお陀仏になる、死ぬことを意味した。

「えっ！」

吉村は聞くなり、蒼ざめた。

村田は力道山を刺したナイフの脂をチリ紙で拭きとって、鞘なしのまま、上着の内ポケットに入れていた。

二人は山王飯店の前でタクシーを降りると、コパカバーナ前の「ポニー」という喫茶店に入った。

村田は真っ先に兄貴分の小林楠扶に電話をかけ、事件を報告。吉村には、

「オレ、自首するから」

と告げて、二人はそこで別れた。

村田がそこからまっすぐに向かった先は、渋谷区伊達町（現在の恵比寿）の小林楠扶邸であった。

自宅で村田を待っていた小林には、別段の怒りもいらだちもなかった。ただ、紫色に腫れた村田の顔を見るなり、

「だいぶハデにやられたようだな。大丈夫かい」

苦笑しつつも、ヤンチャな舎弟を気遣った。

「ええ、なんともありませんが、あんなヤバいヤツはいません。無茶苦茶です。聞きしに勝る酒乱ですよ、力道山ってヤツは」

「おまえはプロレスラーとはよほど相性が悪いと見えるな」

「兄貴に誓って言いますが、前のリッキーといい、今夜の力道山といい、私から売った喧嘩じゃありません。けど、兄貴が面倒見ている店で、御迷惑をおかけしました」

村田が殊勝に頭を下げた。

「うーむ、おまえが理由もなく刃物を振りまわすような男じゃないことは、オレが一番よく知ってるよ。いったい何があったんだ？」

小林に訊かれて、村田はニューラテンクォーターで起きたこの夜のいきさつを、遂一、話し始めた。

話し終えたところで、

「それじゃ、兄貴、自分はいまから警察へ行きます」

「うん、そうか、わかった。あとのことは心配するな」

小林邸に電話が入ったのは、まさにそのときだった。小林が電話に出ると、いまさっき村田と赤坂で別れたばかりの吉村義雄であった。

「うちの村田がとんだことをしたようで……」

小林がまず詫びると、吉村は冷静に、

「いや、小林さん、そのことですが、どうか村田さんを自首させないでください」

「……」

「幸い力道山《せんせい》の傷もたいしたことありませんし、大ごとにしたくないのです。うちのほうですべてなかったことにしますから」

「それにしたって、私が知らんぷりはできません。リキさんにお詫びに伺いますよ」

「それなら先生はいま、山王病院に来てますから、病院のほうに来てもらえますか」

赤坂にある力道山かかりつけの病院で、本来は産婦人科なのだった。

「わかりました」

小林は村田と他に3人の若い衆（一人は運転手）を連れて、伊達町の自宅から車で赤坂の山王病院へと向かった。病院へ到着したときには午前零時をかなりまわっていた。

だが、病院には力道山の姿はなく、すでに帰宅したあとだった。やはり、ここでも彼は突然喚いて暴れだし、試験官やフラスコ、薬箱などを手当りしだいに放り投げて割ったり、挙句は手術台までひっくり返して荒れ狂い、ひとしきり騒動を起こしていた。

話を聞いて、村田が小林の身を案じた。

「兄貴、ヤバいですよ。まともじゃない」

「いや、それくらい元気なら大丈夫だ。よかった。傷は浅手だったってことさ」

小林は応え、ただちに赤坂のリキ・アパートに車を走らせた。名称はアパートでも、都心の超高級マンションの走りといってよく、オーナーの力道山の部屋は最上層の8階にあった。

リキ・アパートに到着し、小林がインターホンで来意を告げると、しばらくして、

「村田さんの顔を見たら、先生が興奮してしまいますから、小林さんだけ上がってきてください」

との側近の声が返ってきた。

小林が一人、エレベーターで8階に上がり、村田以下4人の若い衆が1階ロビーで待つことになった。

「兄貴、大丈夫ですか」

酒乱の力道山の凶暴性を誰より知っている村田が、小林に声をかけた。

「心配するな。オレは喧嘩に来たんじゃねえ。丸腰で詫びに来たんだ。ヤツもわかってくれるさ」

小林は肚《はら》を括っていた。

7

信太郎がニューラテンクォーターに戻ったときには、力道山一行を始め、客はすべて帰ったあとだった。

村田を追って外に出たものの、影も形も見当たらず、いったんは店に戻ろうとしたところ、その地上出入り口でバッタリ村田の連れのキンさんと遭遇。唇に人差し指を当て、殺気立った彼の表情を見た瞬間、信太郎の肌は粟立《あわだ》った。

叫びだしたいような衝動に駆られ、気がついたときには、日比谷高校に通じる店のすぐ近くの坂道を一目散に駆けあがっていた。

高校周辺のそのあたりは、赤坂といっても、日曜日の夜となれば人通りもなく、ひっそりと静まり返っていた。

信太郎はしばらく外の寒気にあたって、ブラブラ歩いているうちに、どうにか平常心を取り戻したのだ。

店に戻って、フロント主任の長谷川昭一郎に訊くと、力道山はその後も興奮冷めやらず、ステージに上がってマイクを摑むや、

「皆さん、気をつけてください。この店には殺し屋がいます。早く帰ったほうがいいですよ！」

と叫んだり、

「この店は殺し屋を雇っているのか！」

と喚いたりしたあとに、側近たちに抱えられようやく店を出て行ったという。

事件の報告を受けて、程なくしてニューラテンクォーターに、麹町警察署の私服刑事と警官数名が現場検証にやってきた。

だが、彼らは一様に首を傾げた。

「本当にそんなことがあったんですか？」

ロビーフロアを隈なく調べても、血痕一滴見当たらず、事件の痕跡などどこにもなかったからだ。

よもや戦後最大の国民的ヒーローを死に至らしめることになる事件が起きたなどとは、誰もが夢にも思っていなかった。

警察官たちは半信半疑のまま引きあげて行った。

おおかたのスタッフも帰り、時計の針が午前零時を大きくまわったころには、店に残ったのは、副社長の信太郎の他に、ショー担当の上田利三郎副支配人、大野澄経理部長の3人だけになった。

3人はロビー奥の応接室兼事務所に集まって、

「やれやれ、大変な日になったな」

「お疲れさんでした」

「リキさん、本当に大丈夫かな？　たいした傷じゃないようには見えたけど……」

などと話していると、いきなりバタバタバタバタッと階段を駆け下りてくる数人の靴音が聞こえてきたから、皆ギョッとなった。

続いて「バターン！」と応接室の扉が蹴破られる音。

思わず立ちあがった3人の前に現われたのは、怒り狂ったヤクザ者たちだった。

彼らは5人、事件を聞いて駆けつけてきた東声会系列組織の面々であった。

東声会は戦後、在日朝鮮・韓国人を中心とする愚連隊を率い、〝銀座の虎〟とも〝牡午《ファンソ》〟とも称されたドン・町井久之によって結成された新興組織で、力道山とはきわめて関係が深かった。力道山と町田は親交を結んで一心同体、力道山は同会最高顧問であったとの説もあるほどで、いずれにしろかなり近かったのは間違いない。

それだけに「力道山刺される！」の報に、東声会がいきり立ったのは当然であった。

なかでも名うての武闘派の一派が、怒りに任せ、現場となったニューラテンクォーターにスッ飛んで来たという次第だった。

5人の乱入者は凄い見幕で、みな殺気立っていた。日本刀まで手にしている者もいて、ラテンスタッフは竦《すく》みあがった。

「こらぁ、先生をやったヤツはどこのどいつだ?!」

先頭の兄貴分らしき男にまくし立てられても、答えられるはずがなかった。

「答えろ！　誰だ?!　どこにいる?!」

「……」

「誰だって聞いてるだろが！」

ここに至って、店の責任者である信太郎が、

「私どもにはわかりかねます」

と応えると、今度は別の相手が、

「何ぃ！　このヤロー、ふざけやがって！」

いまにも殴りかかって来そうになったので、とっさに間に入ったのが、副支配人の上田だった。

「リキさんはもうお帰りになりました。自分たちは本当に何も存じあげないのです」

上田は慶応大学のボクシング部、信太郎にしても福岡大学空手部の出身であったが、所詮プロの喧嘩屋に通用する話ではなかった。

「何がリキさんだ！　てめえ、生意気に！」

彼らは猛烈と上田に襲いかかった。もはやブレーキが効かず、信太郎と大野にもどうする術《すべ》もなかった。

上田とて、いくら腕に覚えがあっても、一切無抵抗を通し、殴られっ放しになった。

信太郎の目の前を「ピューン」と飛んで行く物があって、上田の折られた歯と気づくのは直後のことだった。

すると、リーダー格の兄貴分が、机上の電話機に目を止め、

「――おい、おまえ、電話しろ！」

と信太郎に凄み、指示してくる。

「は？」

信太郎は何のことかわからない。

「電話？　……どちらへ？」

「バカヤロー！」

相手は腹を立て、電話機を摑んで思いきり投げつけてきた。

それは信太郎の頭上を越えて飛んで行き、けたたましい音を立てて落下した。

要は東声会の面々も、力道山を刺した相手が誰なのかもわからず、たまたま店に居あわせたスタッフたちに怒りの矛先をぶつけ、鬱憤を晴らしているに過ぎなかった。居残った信太郎たちこそ、不運といわねばならなかった。

結局、一行は信太郎たちを脅しまくったうえに、上田ひとりを殴り蹴るして痛めつけ、挙句、部屋のデスクや椅子を引っくり返したり、さんざん暴れまくった末に引きあげて行った。

いつ日本刀が抜かれるか、生きた心地もなかった信太郎たちにすれば、嵐が去ってホッとしたものの、ハッと気づいたのは暴行を受けた同僚のことだった。

「――上田、大丈夫か?!」

信太郎と大野が、顔中血だらけにして倒れている副支配人のもとへ、あわてて駆け寄った。

「大丈夫ですよ。これくらい平気です」

上田が起きあがって無理に笑おうとした。が、すぐに顔をしかめた。

「ひどいご面相になったたな。けど、よく我慢してくれたな」

「それを言うなら、副社長こそ……」

「いやいや、オレの空手なんて、こぎゃんときは少しも役に立たんばい」

興奮のあまり、つい故郷の九州弁が出てしまっていた。

「だけど、どうもこのままでは済みそうにないな。これからどうなることやら……厄介だな。心配でたまらんよ」

大野経理部長が嘆息を漏らした。

それはそのまま信太郎の胸中を代弁していた。

8

男たちの一群がドタドタッと、リキ・アパートの1階ロビーに駆けこんできたのは、まさに小林楠扶がエレベーターで8階に上がって間もなくのことだった。

ロビーで待機していた村田勝志たちと、彼ら――東声会メンバーはバッタリ鉢あわせしてしまった。

東声会の面々は、つい最前、ニューラテンクォーターを急襲した5人に加えて、あとから3人が合流、都合8人の部隊になっていた。

彼らは一様に興奮し、殺気立ち、口々に叫び、怒声を発した。

「おっ、いたぞ！」

「村田だ！」

「ようし、逃がすなよ！」

そんな男たちに対し、村田も一歩も引かず、仁王立ちになって吼えた。

「うるせえ！　オレは逃げも隠れもしねえぞ！　来るなら来やがれ！」

たちまち大乱闘が始まって、ロビーは修羅場と化した。

殴りあい、蹴りあいの応酬があって、木刀のような丸太ん棒を振りまわしてくる者もいる。それが何度か頭に当たって、村田はそのつど衝撃を受けたが、アドレナリンが出っ放し、興奮状態にあるため、痛みも感じなかった。

いつのまにか、身内の小林の若い衆3人はいなくなり、村田一人が敵に包囲されていた。

「ヤロー！　死ねえ！」

相手方の一人がドスを振りまわしてきた。肩口からの袈裟がけ斬りを、村田はとっさに躱したが、上着やシャツを斬り裂かれ、胸のあたりから血がにじんでくる。

「村田！　てめえ！」

今度は別の兄貴分格の男が、牛刀で村田の顔を斬りつけた。右頬から鮮血が噴き出て、ここに至って、村田も我慢の限界を超えた。

何があろうと、兄貴の小林楠扶とともに謝罪に来た身との自覚があったから、極力反撃を抑えてきたつもりだった。が、ここでこのまま殺《や》られるわけにはいかなかった。

〈オレが殺《や》られたら、誰も兄貴を守れなくなっちまう！〉――そんな切迫した感情も沸き出てきた。

「――てめえっ！　よくも男の顔を！　許せねえ！」

吼えるなり、村田は内ポケットからナイフを取り出した。力道山を刺した抜き身のナイフだった。血はちり紙できれいに拭きとってあった。

腰だめに構え、「おりゃあ！」気合もろとも村田は牛刀の男に向かって突進していく。子ども時分の〝突貫小僧〟の異名そのままに。

狙いすましたナイフは、相手の腹に突き刺さった。力道山のときとは明らかに違う確かな手応え。

男はゆっくりと崩れ落ちていく。

〈ああ、殺《や》っちまったな……〉

確信とともに、シマッたという悔恨の情も村田を襲った。

だが、事態はそれどころではなかった。追いつめられているのは、村田のほうだった。

相手方が刺された兄貴分に気をとられている隙を見て、村田は持参してきた木刀で、ロビーの蛍光灯をすべて叩き割った。多勢に無勢でも暗がりなら五分《ごぶ》で渡りあえると踏んだのだ。

村田の行為は、東声会側の怒りの炎に油を注いだ。

「てめえ、よくも兄貴を！　ぶっ殺してやる！」

兄貴分が刺されたことで、彼らはいよいよ殺気立ち、村田を包囲するように迫ってきた。なにせ、いずれも手に手に日本刀や木刀、ドス、丸太などの武器を持っているのだ。

村田は絶対絶命のピンチだった。それでも負けん気だけは天下一品であった。

「おうよ！　上等じゃねえか！　やれるもんならやってみろ！」

すでに肩で息をしている状態なのに、油断なく二人の血を吸ったナイフを構え、一歩も引く気はないようだった。

頭を割られて血が流れ、顔も斬られたうえに紫色に腫れあがって血だらけ、背広やシャツも血に染まってズタズタに破けながらも、悪鬼のような形相で敵を睨みつけ対峙しているのだ。

これにはさすがの東声会の面々も、ヒタと足が止まり、それから一歩も先に進めずにいた。双方の睨みあいが続く。

そのときだった。時の氏神よろしく、いいタイミングで一人の警官が現われたのだ。

一報を受けた赤坂署の若い警官で、先に気がついたのは東声会側のほうだった。彼らは手にした武器をあわてて下に下ろした。

警官は見るからに新米で、血だらけでナイフを構えた村田しか眼に入っていないふうだった。

彼は村田にだけ拳銃を向けると、

「い、いますぐ武器を捨てなさい。捨てないと撃つぞ！」

と威厳を見せようとするのだが、いかんせん、どうにも様になっていない。拳銃を持つ手は震え、腰も引けていた。

村田は、警官を手で制しながら、

「わかった。だがな、オレが武器を捨てたら、こいつらがおまえさんを襲ったうえで、オレを殺しにかかるぞ。あんたはその拳銃で防ぎきれるか？　無理だろ」

「……」

「オレはともかく上の兄貴を守らなきゃならん。兄貴を守りきったら、あんたにつきあってやるから銃を仕舞えよ」

「自首すると言うんだな」

「ああ、男が言ったことだ。約束する」

「……よし」


警官は拳銃をホルスターに収めた。


それを見て、村田もナイフを仕舞おうとしたところへ、小林楠扶がリキ・アパート8階からエレベーターで降りてきた。

「あっ、兄貴」


村田がすぐに気づいた。

ちょうどそこへ、相手方の親分である東声会大幹部・沖田守弘がやってきたのは、まるで計ったようなタイミングであった。

ナイフを仕舞おうとしていた村田の手が、ピタッと止まった。

「おい、村田、うちの親父だ！　道具を仕舞えよ！」

相手の怒声に、

「バカ言うな！　こっちにもうちの兄貴がいるんだ。てめえらこそ、道具を捨てろ！」

村田も一歩も引く気はない。その頭にあるのは、小林楠扶死守の一念だけだった。

東声会大幹部、のちの東亜友愛事業組合理事長の沖田守弘が、悠揚迫らぬ態度で村田のほうに近づいてくる。その側を離れずついてくる若い衆も、懐に手を忍ばせたままだった。

「近寄らんでくれ！」

村田が叫んだ。

「親分さん、それ以上はオレの命と引き換えになりますよ」

村田の命を賭した訴えに、沖田の足も止まった。

「村田、もうよせ！」

背後から止めたのは、小林だった。

沖田も頷き、

「よし、わかった。どうかな、小林さん、二人きりで話をさせてもらえんかな」

と申し出ると、小林も同意し、二人の話しあいとなった。

が、沖田もすでに、小林が力道山に対し謝罪してきたあとであることを知っていただけに、その場の話は難なくついた。

村田は約束通り赤坂署の若い警官にナイフと木刀を手渡して、その場で逮捕された。

〈なんとか兄貴を守れた……〉

傷だらけ、血まみれの男の胸をまず支配したのは、そんな安堵感であった。

〈それにしたって、なんて長い一日だったんだろ……〉

果てしない徒労感と虚脱感もまた、村田のものだった。

9

力道山のマネージャーである吉村義雄がリキ・アパートへ駆けつけたとき、ロビーでは村田と東声会の若手組員たちが対峙し、一触即発の様相を呈していた。

不安に駆られながらも、吉村が急ぎ8階へ上がると、力道山は山王病院から帰宅し、謝罪に訪れていた小林楠扶の姿もあった。

結婚して半年、身重の新妻・敬子夫人によれば、力道山はリキ観光開発専務のキャピー原田と山王病院の長谷和三院長に抱えられながら帰ってきたという。明らかに酒に酔った状態で、腹を押さえながら夫人に「痛い、痛い」と喚いたというから、吉村も心配になり、

「先生、ちょっといいですか」

ソファーに横になった力道山から、刺された箇所を見せてもらったところ、2センチ程度の傷跡があるだけだった。

〈ああ、これなら大丈夫だ〉

吉村も心底ホッとしたものだが、まさかそれが小腸を突き抜けているなどとは思いもよらぬことだった。

小林が帰り、外の騒動が一段落したのを見計らって、力道山を乗せた一行の車が山王病院へ向かったのは、明け方4時近かった。

吉村は、日本一の腕と評判も高い近くの前田外科病院での手術を勧めたのだが、力道山は山王病院の長谷和三院長に固執して譲らなかった。

手術は午前4時ごろから始まった。執刀を担当したのは、聖路加病院から呼んだ上中省三外科医長であった。

「聖路加病院に、長谷院長も御存知の優秀な外科医がおります」

との吉村やキャピー原田の推薦があってのことだった。

力道山は手術前、上中ドクターに、

「先生、タイツの上に傷が見えるのはカッコ悪いから、タイツの下に隠れるように横に切ってくれないか」

と言い、自分の美学にこだわったが、それは上中によって一蹴されている。

手術は腹部を縦に切開して行われ、小腸が2ヵ所切れているのが確認されたが、傷は決して死に直結するようなものではなかったという。

腸の内容物が外に出ているようなこともなく、腹の中をきれいに洗浄したうえで、医師は、

「腹膜炎を起こす危険性はないだろう」

と判断、傷口を閉じたのだった。

手術は思いのほか長びいたものの、無事に終了。上中執刀医は、手術室前の廊下で祈るような思いで待っていた敬子夫人に、

「手術はうまくいきました。心配いりません。裸の商売だから、傷口も自立たぬように最小限にしました」

と報告した。

それを傍らで聞いていたのが、ニューラテンクォーターの山本信太郎で、彼もまた、夫人同様、心底から安堵した一人だった。

病院には東声会の面々や力道山門下のプロレスラーたちが多数詰めかけ、階段という階段に、彼ら配下の不寝番がついていた。「先生」と慕い、師と仰ぐ人の受難に対し、いずれも満腔《まんこう》の怒りをあらわにし、なかには報復を考える者がいたのも事実だった。

そんなところへ、なぜ、山本信太郎は飛びこんで行ったのか。また、なぜ、彼らの憎《にっく》き敵であるは

ずのニューラテンクォーターの責任者が入りこむことができたのか。

何せ、誤解とはいえ、当の力道山でさえ、刺された直後は、信太郎に対し、

「どうしてオレを刺させたんだ⁈」

との声をあげたほどなのだ。

他の連中が、病院にやってきた信太郎を見て、どんな反応を示すかわかったものではなかった。

だが、信太郎にすれば、恩人ともいえる力道山の見舞いに一刻も早く駆けつけたいと思うのは当然である。

行くに行けず、苦境に立たされた信太郎に、助け舟を出してくれたのが、郷里の大先輩、萩原祥宏であった。

日活の顧問をつとめ、右翼の大物でもあった萩原は、任俠界・興行界にも顔の利く実力者で、信太郎を実の息子のように可愛いがっていた。その萩原が信太郎に、

「ワシと一緒にリキさんの見舞いに行こう」

と声をかけてくれたのだった。

かくて信太郎は萩原とともに誰憚《はばか》ることなく、山王病院に駆けつけ、力道山の手術の成功に、夫人とともに胸を撫でおろすことができたのだった。

当日の9日午前、山王病院の長谷和三院長は、記者会見を開き、

「経過が順調であれば、全治までに2週間」

と発表、関係者をホッとさせたものだ。

力道山も術後、

「天下の力道山が、こんな傷でくたばってたまるか」

と豪語し、執刀した上中省三ドクターが、

「目立たぬよう傷口を最小限にしました」

と言うのにも、笑いながら、

「何だ、先生、もっとガバッーと切ってくれてもよかったんだよ。大きな傷痕があったほうが迫力があるじゃないか」

とジョークで応えたという話も伝わってきていた。

術後の経過もきわめて良好、力道山は順調な回復を見せた。術後5日間は、政財界やプロスポーツ・芸能界、興行界などの友人、知人の見舞い客が引きも切らなかった。

彼らはその元気な姿に触れて、一様に安心し、

「ああ、もうこれなら大丈夫」

と確信を持って引きあげて行った。

鳥取・米子から駆けつけた三代目山口組直参の小塚組組長・小塚斉も、その一人だった。

小塚は親分・田岡一雄が経営する神戸芸能社の山陰支社である「日本海芸能社」を主宰し、力道山とも親交が深かった。

さすがに当初は米子の自宅で、

《力道山、ナイトクラブでケンカ、刺される》

との12月9日付の新聞を読んだときには驚いた。力道山の酒場でのトラブルは珍しいことではなく、「力道山が乱暴」という見出しで新聞記事になったのは過去に5回あったが、「刺された」というのは6回目にして初めてだったからだ。

「すぐに東京へ行ってリキを見舞ったってくれんか」

間もなくして親分の田岡三代目からも連絡が入り、小塚は急遽上京、赤坂の山王病院に力道山を見舞ったという次第だった。

「これはこれは米子の大黒さん」

力道山はベッドから起きあがり、小塚をいつもの愛称で呼んで迎えた。興行で稼がせてくれる山陰の親分を、近くの出雲大社にあやかって、力道山はそう呼んだのだ。

思った以上に元気な様子の力道山に、小塚も笑みを湛《たた》え、

「よかった、よかった。やっぱりリキさん、あんたは不死身や」

「田岡の親分さんにもすっかり御心配をおかけして……」

「親分もホッとしなさるだろ」

力道山自身も早く治したい一心で、医師の言うことは極力守ろうと努力したようだ。

「水分をとってはいけない」

との医師の教えに従って、水分を欲し唇が乾いてくると、付き添いの敬子夫人に、氷を包んだガーゼで唇を湿らせてもらっていたという。

巷間《こうかん》伝わっているような、付き人に買いに行かせた牛乳やサイダーの類いをガブ飲みしたというような事実は、夫人の知る限り、あり得ぬ話だった。

米子の小塚斉も、以前と変わらぬ元気な力道山を目のあたりにして、

「親分にいい報告ができるわ」

と言い残し、病室をあとにした。

ところが、その3日後、事件から1週間後の12月15日、事態は一変する。力道山の病状がにわかに悪化するのだ。

10

同日朝、力道山の回診に来た長谷和三院長が、

「様子がおかしい。血圧も下がっているし、腹膜炎を起こしているようだ。再手術を要する」

との判断を下したのだ。

再び聖路加病院の上中省三外科医長の執刀で手術が行われたのは、午後2時半のことである。

手術室へ運ばれるとき、力道山はストレッチャーに身を横たえながら、敬子夫人に、

「死にたくないんだ。どんなに金がかかってもいいから、最善の治療をするよう、先生にお願いしておけよ」

と言ったという。自分でも何か只ならぬものを感じていたのであろう、そこにはいつもの力道山らしからぬ弱気な姿しかなかった。

そのうちに麻酔が効いて、言葉もうわごとめいてきたので、夫人がその手を握って、

「わかりました。大丈夫ですよ」

と励ますと、

「オレは死にたくない……」

というようめくような声が漏れてきた。結局それが力道山最期の言葉となった。

午後4時ごろに終わった再手術も、医師からいったんは成功と発表されたが、その後、力道山の容態は急変、再び意識が回復することはなかった。

戦後最大の国民的ヒーローと言われたリングの王者が、薬石効なく静かに息を引き取ったのは、手術終了から約6時間後のことである。

昭和38年12月15日午後9時50分、力道山は39年の波瀾の生涯に幕を閉じたのだった。

死亡診断書には、小腸の刺傷により腹膜炎を併発し、その後に小腸の癒着による腸閉塞が起こった——とあったという。死因は穿孔性化膿性腹膜炎と発表された。

息を引き取る寸前、力道山は指を3本動かし、何かを訴えるような仕草をしたという。果たして力

道山は、3本の指で最後に何を言いたかったのか。

　身内や関係者の間で、いろんな推測がなされたという。3人の集団指導体制を指示したとか、やり残した夢が三つあったのではないかという声もあがった。

　敬子夫人の考えはこうだった。

《私は最初に、千栄子さん、よっちゃん（義浩）、みっちゃん（光雄）の3人の子供たちを頼む、ということかと思いました。それもあったかもしれませんが、最近はもしかしたら二つに分断された祖国の北朝鮮と韓国、そしてプロレスラー力道山として活躍した日本、その三国の友好を願ったのではないかと考えるようになりました。生前の主人の言動や没後に知った力道山の軌跡を改めて振り返ってみると、そんな想いがますます強くなっています》（田中敬子『夫・力道山の慟哭』双葉社）

　村田勝志が担当の刑事から力道山の死を知らされたのは、病院のベッドの上だった。

「そうか……」

　村田はポツンとつぶやいた。

〈やっぱり死んだか……ヤクザの宿命とはいえ、気の毒なことしたな……けど、恨んでくれるなよ。ヤクザの喧嘩なんて、運否天賦、どっちに転んだって……たまたまヤツが死んで、オレが助かったってだけのことじゃないか……〉

　急に黙りこんだ村田の反応を、刑事は訝《いぶか》しがった。あの天下の力道山が死んだというのだから、もっと驚いてもいいのではないか。

「――おい、あいつは歳はいくつだったんだ？」

村田の問いかけに、今度こそ刑事は、

「……んっ？」

と首を傾げた。

「いや、だから、東声会の野口が死んだんだろ？」

あの夜、リキ・アパートのロビーで乱闘になり、村田が刺した相手だった。

やはり、村田は勘違いしていたのだ――と、ここでようやく刑事も気づいて、

「おい、村田、死んだのは野口じゃない。力道山だ」

「何だと?!」

村田は目を剝いて刑事を見た。

「嘘だろ、おい！」

「いや、本当だ。事実だ」

「そんな馬鹿な！　あの力道山があれしきの傷で死ぬのか?!」

村田は信じられなかった。

到底助からないだろうと見られていた東声会の若者のほうは、長い間危篤状態にあったが、どうにか一命をとりとめたという。

内臓にまで達する重傷を負った彼に比べたら、まるで浅手であるはずの力道山が死んだというのだから、村田はわけがわからなかった。

「そんなことってあるのかい⁈」

それは村田に限らず、事件が報道されてショックを受けた国民の共通の思いだったろう。あの天下無敵のチャンピオンがナイフで刺されたぐらいで死ぬとは、誰にも思えなかったのだ。

力道山の死は世間に大きな衝撃を齎すと同時に、さまざまな噂や臆測も流布された。週刊誌等も、その死を巡って、あることないこと書き立てた。

真っ先に言われたのは、プロレス興行を巡る暴力団同士の抗争であり、村田はその鉄砲玉に選ばれたのだという説だった。

あるいは、その世界でハクをつけるために起こした村田の売名行為であるとか、ニューラテンクォーターに食いこもうとしてきっかけを作るため——などというのもあった。

いずれにしろ、村田が最初から力道山を狙って仕掛けたものという説がほとんどだった。

珍妙なものでは、ＣＩＡ謀殺説というのもあった。事件の12月8日がちょうど22年前の真珠湾攻撃の日、その報復のために、ＣＩＡがヤクザを雇って日本のヒーロー力道山を葬り去ろうとしたというのだ。

一の矢の村田で失敗した彼らは、二の矢を放った。それがアメリカ系聖路加病院の外科医で、彼を紹介したのがキャピー原田という二世、その真の死因が麻酔の過剰投与であったことがすべてを物語っているではないか――という説だった。

ただし、山王病院から発表された穿孔化膿性腹膜炎という力道山の死因については、いまだ謎も残っている。

村田の裁判の過程でも次第に明らかになるのは、外科医の麻酔の大量投与ということだった。力道山は常人の二倍の量でショック症状を起こしたというのだ。ところが、裁判では、なぜか麻酔のカルテだけが「紛失した」として出てこなかったという。

力道山の死因については、現在に至るも、

「執刀した医者の医療ミスだったのではないか」

と指摘する関係者が少なくないのは確かである。

力道山の死は、村田にも大層応えたが、それはもとより懲役7年という長期刑を余儀なくされたからではなかった。胸の痛みを如何ともし難かったからだ。

力道山が好きだった――それは村田の偽らざる気持ちであった。

初めて彼を見たのは昭和29年、新橋駅前の街頭テレビでのこと。15歳、中学三年生のときだった。

それ以来、リングの王者は少年の英雄となったのだ。

〈オレもあんなふうに強くなりたい〉

力道山が外人レスラーを薙《な》ぎ倒すたびに、少年は熱狂し、灼きつくような憧れを抱いた。その思いはヤクザになってからも、忘れようがなかった。胸の内で密かに変わらぬ声援を送り続けてきたのだ。

それがどういう運命の悪戯か、二人は現実世界で巡りあい、何度か交錯しあって、最後にこういう結末が待っていようとは、いったい誰に予測できたであろうか。

事件は村田にとってまったくの偶発事であった。が、起こるべくして起きたことのような気がしてならなかった。運命だったのだ――とも思う。

それにしても、腹立たしいのは、マスコミの出鱈目の限りの報道、それに踊らされた世間の流言飛語であった。

偶発的に起きたに過ぎない事件が、いつのまにか村田は、力道山を狙った鉄砲玉に仕立てられているのだから、遣りきれなかった。

〈リキさん、オレはあんたが好きだった……それがすべてさ……〉

村田は病室のベッドの上で瞑目《めいもく》し、力道山を偲んだ。

この「力道山刺傷事件」で、村田勝志に下った判決は、傷害致死罪による懲役7年の刑であった。

刑務所の中でも、村田は力道山の命日にはひたすら祈りを捧げた。

出所してからは、東京・大田区の池上本門寺を訪ね、力道山の墓参りを欠かさなかった。ただし、遺族とぶつからないように命日を少しズラした。墓参には線香、生花、酒、レモンを必ず持参した。

酒は良くも悪しくも力道山の大好物。レモンは喉の渇きを抑える最適の果物とされるためだった。腹の傷は喉が渇くのが特徴で、花瓶の水をガブ飲みしたなどと風評が立つほど渇きに苦しんだであろう力道山に供えたかったのだ。

レモンは村田にもいい思い出があった。ヤクザの駆け出し時代、銀座の喫茶店やバー、クラブにレモンを収めるのをシノギのひとつとしていたことがあったのだ。

店に赴き、トランクを開けると、四方に広がる馥郁《ふくいく》たるレモンの香りは、喧嘩に明け暮れたチンピラ時代の唯一の安らぎとなった。

そのレモンを墓前に捧げ、

〈リキさん、迷惑だろうが、また来たよ〉

と手をあわせると、夢中で駆け抜けてきた修羅の青春時代が、力道山の笑顔とともに、村田の脳裡《のうり》に鮮やかに甦ってくるのだった。

第二章

「銀座警察」と「銀座の黒豹」

銀座に集う。小林楠扶・小林会初代会長（一番左）。のちに住吉会トップとなる福田晴瞭会長は小林会二代目を継承した（左から二人目）。一番右が村田

1

そのとき、村田勝志は17歳、東京・練馬の東京少年鑑別所、俗に言うネリカンに収容されている身であった。

昭和31年3月6日——当時のヤクザ社会を根底から揺るがし、戦後裏社会の歴史をも変えたと言われる大事件が勃発した日。

それは一介の不良少年の村田にとっても、決して遠い世界の出来事ではなかった。その身を襲った強い衝撃——。

「えっ、高橋の輝さんが……⁈」

銀座と目と鼻の先の築地で生まれ育ち、ずっと銀座で遊んできた不良少年にとって、その人の名は、神にも等しい憧れの存在であった。

〝銀座警察〟の異名を取り、大日本興行の会長として銀座に君臨したカリスマ、高橋輝男。

その高橋が身内の葬儀の席上、同じ住吉一門の実力者・向後平と拳銃で撃ちあい、相討ちで果てたというのだ。世に言う、「浅草妙清寺事件」である。

その情報を村田に齎してくれたのは、まさに同事件に関与して東京少年鑑別所《ネリカン》に入所してきた上杉という、大日本興行系列の馴染みの不良少年だった。

「こっちは高橋会長だけじゃない。桑原さんまで殺《や》られちゃってなあ。まあ、前からあそこの連中とは揉めてたんだけどな。まさか葬式の場で撃ちあいになるなんてよ。そら凄かったよ、勝《かっ》ちゃん。寺の境内でパンパンパンパンパンって、しばらく銃声が鳴り止まなかったんだから。煙幕っていうのかい？　オレはあれで噎《む》せそうになったくらいだからさ」

上杉は興奮ぎみに村田にまくしたてた。

「そりゃ、スゲえな。けど、あの高橋の輝さんが殺《や》られるなんて、ちょっと信じられねえな。これからってときだったろ」

「うん、そうなんだ。うちも大変だよ。会長は殺《や》られるし、幹部もみんな捕まっちゃうし……」

「けど、高橋輝さんが喪くなったとなりゃ、銀座はこれからどうなっちゃうんだろうな」

村田はまさか自分がこのあと間もなくして、その高橋輝男の譜に連なる一統に入門することになろうとは、まだ夢にも思っていなかったのだ。

「浅草妙清寺事件」は、浅草北清島町の同寺で営まれた住吉一家幹部・箭内《やない》武治の葬儀会場で勃発した住吉一家の内紛劇であった。

住吉一家葬として営まれた同葬儀は、施主が住吉一家三代目総長・阿部重作、喪主が箭内武治の義弟である山本政治だった。

葬儀には住吉一家と交流のある親分衆が全国から馳せ参じ、阿部重作と親しい右翼の大御所、児玉誉士夫も参列したという。

事件の翌3月7日付の朝日新聞には、こうある――。

《六日午後二時ごろ、大日本興行株式会社会長高橋輝男（本名達明＝三四）＝大田区上池上三六一＝らが台東区北清島町七二妙清寺（住職本多唯宣師）で博徒仲間の顔役、故箭内《やない》武治氏の葬儀執行中、顔見知りの杉並区馬橋四ノ五五一向後平こと嘉豊（四〇）が子分数名を連れて自動車で乗りつけ焼香台に上った。

そしていきなり正面に座っていた高橋とその子分の同社専務桑原優こと正昭（二九）を狙撃、参列者側もピストルを持ち出して応戦撃ち合いとなった。

高橋は心臓部に一発、桑原は下腹部などに五発、向後は下腹部に数発のタマを受け、高橋、桑原の両名は文京区駒込千駄木町五九の日本医科大付属病院に、向後は台東区雷門一の二五鈴木外科にそれぞれ収容されたが、三人とも間もなく死亡した。

この間、葬儀に参列していた港区芝浦海岸通り三の二泉海陸作業会社社長阿部重作氏（六〇）は、乱闘を止めようとして右中指を撃たれ全治一ヵ月の重傷を負った》

あたかもギャング映画さながらの白昼の銃撃戦が行われたわけである。

相討ちの銃弾に斃《たお》れた高橋輝男、向後平の二人は、ともに阿部重作の盃を受けた住吉一家の大幹部同士、紛れもなく次代を担う最右翼と目されていた。

高橋は早くから事業に取り組んで政財界に太いパイプを築くなど、きわめて先見性に富む若手開明派の代表格、一方の向後は生粋の博徒で、昔気質のヤクザの典型であった。

事件の背景にあったのは、そうした志向もタイプもまるで違う二人の確執とも言われた。

むろん、そんな事情は17歳の村田勝志には何ら知るよしもなかったが、〝銀座警察〟高橋輝男の死は、銀座の不良少年に少なからぬ驚きと衝撃を齎したのは確かだった。

その名が初めて世間にセンセーショナルに登場したのは、昭和25年3月6日、村田がまだ小学校四年生のときだった。同日の新聞紙上に、

《私設銀座警察一斉検挙　暑長浦上信之は逃走中　司法主任高橋輝男をはじめ他の幹部も検挙さる》

といった見出しで派手に報じられたのだ。

一統は警視庁捜査二課によって暴行、恐喝の容疑で一斉に逮捕され、〝司法主任〟と名指しされた高橋輝男は、世田谷区北沢の自宅から捜査官に拘引されるところまで写真に撮られ、新聞に掲載されている。

〝銀座警察〟というのは新聞社の命名で、輝男たちはそれまで誰もそんな名のりをあげたことなどなかった。

高橋輝男は大正12年、東京・麻布の生まれ。小学校を出ると、すぐに目黒区祐天寺の親戚の豆腐店に丁稚奉公する身となった。

天秤棒をかついで豆腐を売って歩く豆腐店での仕事が、輝男の足腰や膂力《りょくりょく》、腕力をどれだけ鍛えた

ことか。そのうちに大人と相撲をとっても引けをとらなくなった。度胸もあって喧嘩も強かった。

やがて〝祐天寺《テンジ》の輝〟の異名をとって、中目黒、祐天寺、第一師範（現・学芸大学）……といった東横線界隈の不良少年の間では、誰知らぬ者とてない存在になっていく。

侠気に富んだ輝男は、弱い者いじめや理不尽なことをする輩が大嫌いで、仲間がやられていると聞けば、何をおいても吹っ飛んで行って助けた。相手がヤクザ者であろうと誰であろうと関係なく立ち向かうのだ。いつかヤクザの兄ィ連中さえ、〝テンジの輝〟には一目置くようになっていた。

だが、その実像は童顔で心やさしく、戦後、親交を結ぶことになる詩人の菊岡久利からは「鹿のような可愛い純真な目」を持つ男と評された。それでもひとたび怒ったときには、その童顔も三白眼となって、悪い連中を震えあがらせたというが、何より人を包みこむような不思議な魅力のある男だった。

やがて大東亜戦争が激化、戦局も悪化した昭和19年5月、輝男は兵隊にとられ、海軍陸戦隊の一員として南支の海南島へと送られている。

海南島は中国広東省に所属する島で、台湾とほぼ同じ広さを持ち、北緯二十度以南の熱帯圏内に属し、気候も熱帯的であった。ゴムや椰子《やし》などの栽培が盛んに行われ、鉱物資源にも恵まれていた。

輝男が生涯憧れた南方の国に極めて近かったわけである。わずか2年ばかりの生活とはいえ、この海南島時代が、輝男の胸中に、広くアジアと将来とを見据えた壮大な夢の原型を育ませた。

そのきっかけとなったのが、司政官である奥平一世との出会いだった。

もともと奥平は東京外語学校の教授であった。民間人として海軍に応召し、海南島に設置された民政庁の司政官に就任、当地で現地住民の撫育《ぶいく》に専念する日々を送っていた。

司政官というのは、戦時中、日本が占領した南方諸地域の軍政に参画し、これを捕佐する陸海軍の臨時職員のことである。

この奥平司政官の副官として配属されたのが、輝男であった。

それは輝男のその後の人生を考えると、天の配剤ともいえる幸運な邂逅《かいこう》となった。奥平こそ、輝男に、アジアへの新たな理想と視野を抱かせ、多大な影響を与えてくれた人物であったからだ。

2

昭和20年8月15日、日本の敗戦で、輝男は翌21年4月、海南島から復員、祐天寺へと帰ってくる。ズタ袋ひとつの帰還であったという。

間もなくして輝男は、まだ焼け跡の残る銀座へ出て、浦上信之の舎弟となった。

浦上信之は〝不良の神様〟こと益戸克己に連なる、銀座では戦前からの名うての愚連隊であった。〝人斬り信〟の呼び名で有名になったのは、戦前、銀座で博徒の大物を斬り、殺人未遂で懲役4年の刑を受けてからのことである。

その刑を終え、銀座に戻った浦上は、愚連隊稼業をやめて、芝浦の名門、住吉一家阿部重作の盃をもらった。それでも、その愚連隊気質はいっこうに改まらなかったようだ。

高橋輝男がこの浦上の一門に連なったのは、旧知の先輩格にあたる荒木由太郎との縁による。戦後、銀座で再会したとき、荒木はすでに兄弟分の泥谷《ひじや》直幸、〝ピストル坊や〟こと佐々木正人とともに浦上信之の舎弟になっていた。

その縁で、輝男も浦上の舎弟となり、彼らと同様、住吉一家三代目・阿部重作の若い衆となったのである。

こうして浦上の一統は、〝浦上一家〟と言われるほど、戦後の銀座でいち早く確固とした基盤を築き、新聞社から命名された〝銀座警察〟の異名ですっかり有名になってしまう。

もっとも、銀座警察といっても、実質的には署長と称された浦上ではなく、輝男が銀座警察そのものであり、彼の一統を指した呼び名といってよかった。

輝男は博徒でありながら博奕が嫌いで一切やらなかったばかりか、賭博を開帳してテラ銭を取るという博徒の生きかたにはほとんど興味がなかった。有体《ありてい》に言えば、ヤクザそのものにもあまり関心がなく、縄張りを広げるとか、バーやキャバレーなどからみかじめ料を取るといった発想自体、かけらもなかった。

「これからのヤクザは事業をやらなきゃいかん」

と早くから事業に取り組んで、兄事していた詩人の菊岡久利のアドバイスとバックアップもあって、最初に始めたのが、「秀花園」という貸植木業であった。

不良たちをこよなく愛してよく面倒も見た異色の詩人、菊岡久利は、銀座に事務所を置いて、輝男たちとの交流を楽しんでいた。

輝男より14歳上の菊岡久利は、明治42年3月8日、青森・弘前の生まれ。本名は高木陸奥男といい、菊岡久利のペンネームは、友人で新感覚派の旗手と言われた作家の横光利一が命名したという。

菊岡は幼少より詩や絵画に秀で、中学のときには詩誌の選に入って詩壇にデビュー。一方で、アナーキストとして地方の鉱山争議に関わり、黒色青年同盟に加盟。投獄数十回に及ぶ実践活動の傍ら、詩集や戯曲集を出し、アナーキズム詩人として活躍した。

だが、戦時中、右翼の大立者・頭山秀三と出会って強い影響を受けその門下となり、民族派に転じていた。

創作活動にも変わらぬ意欲を見せ、昭和22年には、高見順らと『日本未来派』を創刊、小説やエッセイ集を刊行し、単に詩人の枠に収まらず、戯曲家にして小説家、ラジオ・映画プロデューサーであり、舞踊台本を書いたり、写真集を出し、絵や書の個展も開催するというマルチ才人であった。

何よりその本質は、不良少年や市井反骨の徒を限りなく愛した心やさしき自由人だった。

戦後鎌倉に住まいを置き、毎日電車で銀座へ通ったのは、銀座8丁目の金春湯《こんぱるゆ》の前の老舗「伊勢由」の店を借りて、「一隅軒」の看板を掲げ、古美術店を開いていたからだ。

その店の奥の一室が事務所で、早くから銀座の浦上一統――荒木由太郎や泥谷直幸たちの溜り場となり、ある種のサロンのようになっていた。

自身が不良少年だったこともあって、菊岡久利は彼ら〝不良〟を可愛いがり、荒木たちも、永遠の不良少年であるヤクザ文士・菊岡を慕ってその事務所に入り浸った。

高橋輝男も荒木たちに連れられ、自然に菊岡の事務所に出入りするようになり、たちまち菊岡の魅力にハマッてしまうのだ。菊岡も菊岡で、強烈な個性を持ち、若いときから大物の兆しが見えた輝男に対しては、ことのほか感じるところがあったようだ。

この菊岡の発案で始めた貸植木業「秀花園」は、師の頭山秀三の名を一字頂戴したもので、主な顧客は、銀座のバー、キャバレー、クラブ、ダンスホール、喫茶店などの飲食店だった。

荒木由太郎がリーダー格となり、輝男が実働部隊の隊長となって秀花園はスタートした。輝男は自ら額に汗して植木を満載した大八車を引いてまわったのだ。

彼らは労力を厭《いと》わず、銀座中の店をまわり、頻繁に植木を取り替えて歩いた。そのため、店はいつでも新鮮な植木を飾ることができたのだった。

同時にそれは不埒な者たちから店を守ってくれる護符ともなって、店からは二重に喜ばれた。輝男たちは自然に広く銀座の用心棒をつとめることにもなったわけで、これがのちに〝銀座警察〟と言われる原点であったといえよう。

大八車を引き、さんざん汗を流して働いたあと、彼らは菊岡の事務所で着替え、目の前の銭湯「金春湯」へ飛びこむのが常だった。

そんな輝男たちに、教育係ともいうべき詩人の菊岡久利は、次のようなスローガンを提唱し、彼らもそれをよく唱えては自らの戒めとした。
「青年の愛と汗と」
「堅気と弱い者いじめをする者を断絶しなくてはならない」
「若い人を大切に」
「人を決して責めてはいけない。たとえ徒手空拳、非道の攻撃に一歩も譲っては恥と知れ」

輝男たちはその後も、バーなどに卸すおつまみの工場を造ったり、「北海物産」という会社を設立して北海道から直送した鮭を貸車2両分叩き売ったり、泰明小学校の側に寿司屋「輝寿司」を開店するなど、意欲的に事業に取り組んでいく。

ついには九州・別府の硫黄鉱山「九州硫黄株式会社」や、東京都民の台所と言われた神田の青果市場で「一元青果」を経営、映画製作にも乗り出すほどだった。

昭和27年には、専らプロボクシング東洋選手権のプロモートを事業内容とする「大日本興行株式会社」を設立するに至る。

大日本興行は、世界フェザー級チャンピオンのサンディ・サドラーを呼んで業界を瞠目させたばかりか、金子繁治とエルロデ（フィリピン）の東洋選手権を成功させるなど、プロモーターとしてその地位を不動のものとした。

高橋輝男を大きく飛躍させる転機となったのは、世にいう〝三井不動産事件〟（別名、三信ビル事件）

であったとされる。

この事件で事態収拾のために暗躍し、トラブル解決に貢献した輝男は、これを契機に経済的地盤を確固たるものにすると同時に、政財界に豊富な人脈を築きあげた。

政界では三木武吉などの党人派、財界では日銀総裁の一万田尚登、三井不動産社長の江戸英雄らに可愛いがられ、新しい青年運動の担い手として、右翼の大物――〝室町将軍〟こと三浦義一や児玉誉士夫からも引き立てられた。

輝男がその右翼活動を全面的にバックアップしていた舎弟・豊田一夫の「殉国青年隊」は、昭和29年11月、日比谷公会堂に約5000人を集めて「全国総決起大会」を開催できるまでに躍進を遂げていた。

このとき、約3000人の隊員は揃って紺の制服を着用、戦闘帽に軍靴といういでたちで、日の丸のついた樫の棒を持って銀座をパレード。来賓の三浦義一、児玉誉士夫の乗ったオープンカーやブラスバンドの行進もあって、それは前代未聞であった。

高橋輝男の比類なき実力を示すものといってよかったが、その原点は、汗水垂らして大八車を引っ張った秀花園時代だった。

そのころ、日本の警察力は無きに等しく、無法の限りを尽くした不良外国人の跋扈《バッコ》があり、そんな連中の魔の手から銀座を守ったのも、輝男の一統であった。

銀座警察と言われたゆえんでもあるが、その真の由来は、彼らのビジネスが、法律では解決し得ない経済・民事事件の処理を、被害者の依頼によって暴力を背景にして解決したからでもあった。彼らは債権取立てや会社乗っとりグループの追及に当たっても、〝聞き込み〟などの情報収集、〝捜査〟〝張り込み〟から〝逮捕〟、〝取調べ〟、〝留置〟に至る刑事警察の全過程を、銀座のど真ん中でやってのけたのだ。

3

ようやく17歳になるかという銀座の不良少年・村田勝志にとって、高橋輝男は、はるか雲の上の存在であった。

もとより面識があるわけもなく、一度も口を利いたこともなければ、いまだお目にかかったことさえなかった。

いや、正確に言えば、たった一度だけ、その姿を銀座で垣間見たことがあった。

それは村田がちょうどネリカンに入る直前、今度の「浅草妙清寺事件」が起きる五、六日前のことと記憶していた。五郎という不良少年仲間と銀座並木通り5丁目の喫茶店「ナンシー」に入り、二人でとぐろを巻いていたときのことだ。

五郎は村田より二つほど年上だが、不良少年としてのキャリアはほぼ同じとあって、互いに、「ごろちゃん」「勝ちゃん」と呼びあい、タメ口で口を利く間柄だった。

この五郎は村田同様、まだどこにも所属していないフリーの身であったが、恐ろしく不良の世界に精通していた。

「渋谷には飛ぶ鳥を落とす勢いの安藤昇の東興業があって、花形敬という凄いのがいるんだけど、いまは懲役をつとめてるよ」

といった調子で、都内の主だった盛り場の不良やヤクザ世界の消息通であった。

もとより、自分が根城とする銀座のことなら隅から隅まで通じていて、知らぬことってなかった。〝ザギンの五郎〟を自称していた。

もっとも、よくある話だが、そんな手合いに限って、腕と度胸にも欠け、根性もさっぱりで、とても男の世界に向いているとは思えなかった。

その五郎が、ナンシーに入店してきた客を見て、

「げっ！」

と小さく驚嘆の声をあげたから、

「どうした、ゴロちゃん」

村田が聞くと、

「高橋輝さんだよ」

言われて、村田が店の入口のほうを見ると、ネクタイ・スーツ姿の男3人が入ってきたところだった。

「高橋輝さんて、まさか、あの、音に聞く、高橋輝男さんかい、銀座警察の……」

「そうだよ。あの先頭の人だ」

五郎は興奮して、珈琲カップを手にしたまま固まっている。

3人は、村田たちとは反対方向の奥の席に向かっている。どうやらそこに、目当ての人物を見つけたようだった。

「……あとの二人は泥谷《ひじや》さんと原さんだな」

五郎が村田に囁いた。大日本興行の一統でもないくせに、何から何までよく知っている男だった。

〈――へえ、あの人が高橋輝男さん……！〉

村田は初めて見る銀座のカリスマの姿を、遠くから食い入るように見遣った。

憧れのその人が、自分と同じ店にいて、同じ空間を共有しているということが、少し信じられなかった。

「あの奥の席に座ってる、変なオジさんは誰なんだい？」

村田は聞こえないのをいいことに、思ったままを口にして、五郎に訊ねた。

「うん、あれは菊岡久利という人で、銀座警察の参謀とも言われてる。作家だか評論家とも聞いてるよ。高橋輝さんの諸葛孔明みたいなもんじゃないかな」

五郎が声を潜めて知ったかぶりを披露した。まだ興奮したままで、声もうわずっている。

高橋輝男の一行は、奥の席に座る中年男――菊岡久利に挨拶していた。

「先生、やはりここでしたか」

という輝男の声は、村田たちの席までは届かなかった。ナンシーは他に客も多く、輝男たちには、自分らを噂している不良少年のことなど目にも止まらなかった。

大好きな年少の友人の登場に、菊岡はたちまち相好を崩し、

「おっ、輝ちゃん、あれ？　泥谷君と原君も一緒か」

と、彼らを自分のテーブル席へと迎え入れた。

「何か僕に用事だったの？」

「いえ、このところ、先生にお会いしてなかったから、何だか無性に会いたくなって……」

と、照れたように言う輝男。それは虫の知らせのようなものだったのかもしれない。

「嬉しいことを言ってくれるねえ。今をときめく輝ちゃんに、そう言われりゃ光栄だ。だけど、同じ銀座の目と鼻の先にいて、会えなくなったのは、君のほうが俄然忙しい身になったからだよ。それも自分のことじゃなくて若い人のためにばかり動いてるっていうじゃないか」

「若い連中を育てることが、僕の一番の趣味ですから。他のことに割いてる時間が惜しいんです」

「君は、若い人の個性や才能を見抜く天才でもあるな。なおかつ、それを最大限伸ばせる方向に導き、育ててやろうとしてるんだから、偉いもんだよ。殉国青年隊の豊田一夫君なんか、一番いい例だな」

「そういう意味では先生、私はこの泥谷先輩をなんとしても代議士にしたいと思ってます。そして、こいつ、この原は、先生に仕込んでもらったお陰でいい線まで来てます。なんとか物を書ける人間にしたいと、十年計画でじっくりいこうと考えてます」

輝男が真顔で言うのに、傍らの泥谷と原が、照れくさそうに菊岡に頭を下げた。

泥谷直幸は名門の家に生まれ、早稲田大学に入学したインテリで、頭も切れ、弁も立った。それでも人間の器量は到底、輝男に敵わないとの自覚があったから、一歩下がってブレーンとして輝男を支えていた。

輝男も泥谷の頭脳や見識には一目置いており、ヤクザより政治家向きと見ていた。

一方の原仁太郎は予科連帰り、明治大学では空手部に所属し、銀座を闊歩《かっぽ》しては喧嘩沙汰を繰り返すうちに輝男と出会い、その舎弟となったのだった。

輝男は早くから原の詩才や文才を見抜いてヤクザではなく物書きにしたかった。そこで菊岡久利に頼んで、鎌倉の自宅に書生として置いてもらうことにしたのだ。

菊岡も輝男の考えに賛同し、何かと協力を惜しまなかった。

「民族派のリーダーに代議士、物書き……そういや、君のとこには、中央法科出の石田君もいたな。彼は弁議士候補ってわけだな。いいねえ、実に。夢があって……」

そして輝男は、この日も菊岡に、少年時分からの変わらぬ夢を語ったものだ。

「先生、私の夢は南方に渡って根をおろし、そこで貿易をしたり、互恵の精神で土地の人を援助したり、日本の同志たちを支援できるような本拠地づくりをすることなんです。十五、六のときからマレー語を一生懸命習ったのもそのためですし、海南島時代には奥平先生から、『これからの日本にとって、タイ、ビルマ、インドネシア、フィリピン、マレーなどの東南アジア諸国と緊密な友好関係を結び、連携することが必要不可決となる』と教わって眼を見開かされましたから。これは決して叶わぬ夢ではないと思ってます」

輝男の眼が少年のようにキラキラと輝いているのも、いつもと同じだった。

「うん、その意気や、良し。けど、輝ちゃん、ますますもって君って男は、つくづく不思議な男だなぁ」

菊岡は唸った。まさかこの日が、高橋輝男との永遠の別れになろうとは、神ならぬ身の菊岡には知るよしもなかった。

4

「――へえ、そりゃ奇遇ってもんだな」

村田勝志の話に、上杉も目を丸くしている。

「うん、そうなんだ。オレがネリカンへ来る直前のことさ。それまでスレ違ったこともなければ、遠くから眺めたことさえないっていう高橋輝さんに……」

「並木通りのナンシーで会ったたって言うんだろ。それに泥谷さんや原さんまで一緒だったたって?! そりゃ、勝ちゃん、凄いところに居あわせたもんだな」

「……いや、オレには誰が誰なんだか、さっぱりわからなかったけど、連れの五郎って訳知りのヤツが教えてくれたんでね」

「ああ、あのゴロちゃんなら確かに何でも知ってるからな。で、他に誰がいたって?」

「高橋輝さんたちは、先に店に来ていた文士みたいな、ちょっと風変わりなオジさんに挨拶して、ずっと話しこんでたよ」

「その人は菊岡久利先生だよ。高橋会長が尊敬する文士で、オレたち若いヤツの教育係でもあるんだ」

「ああ、ゴロちゃんもそんなこと言ってたな」

「そこに龍馬の兄貴はいなかったんだな」

「うん、いなかったよ。〝銀座の龍馬〟で通ってる鈴木龍馬さんのことだろ。オレは会ったことはないけど、名前だけは昔から知ってるよ」

「そうか、龍馬の兄貴はいなかったか。ここんところ、高橋会長にぴっちりついてたのが、あの兄貴だったからな。去年の秋、会長が中耳炎で2週間ばかり入院したときも、龍馬の兄貴が病院でつきっきりだったんだぜ」

「けど、今度の事件のときには現場にいたんだろ、龍馬さんも」

「ああ、もちろんさ」

練馬の東京少年鑑別所、通称ネリカンに相前後して入所したばかりの二人の不良少年は、教官の目の届かぬところで、顔をあわせるたびに話し続けた。

話題が専ら「浅草妙清寺事件」のことになってしまうのは、二人にとって最大の関心事に他ならなかったからだ。まだ記憶も生々しかったし、まして片方は事件で入所してきた当事者ともいえる男なのだから、なおさらだった。

「龍馬の兄《あに》さんも捕まっちまったんだな」

「そうさ。挙銃で撃ちあいやってるから、あの人の口惜しさ、無念さもひとしおでな。傍《はた》で見ていても、その思いは伝わってきたよ」

「……」

「龍馬の兄貴のつとめも、今度は長くなるだろうな」

上杉が溜息をついた。

「じゃあ、今度の事件で、大日本興行の幹部連中はみんな捕まっちゃったのかい？」

「……うん、そうだよ。こうしてオレのような下っ端まで捕まってるんだから、幹部は根こそぎさ」

「ふ〜ん、そうなんかい。そいつは遣りきれんなぁ」

今度は村田が溜息をついた。

「——ん、いや、ちょっと待てよ。一人、肝心な人が難を逃れてるよ」

上杉が何かを思い出したようだった。

「龍馬兄貴の兄貴分に当たる人なんだが、たまたま事件のときは、刑務所《なか》にいたからな。間もなく満期で出れるっていう寸前で、今度の事件が起きたんだよ」

「……間にあわなかったんだな」

「もし、その人が今回、シャバにいてくれてたら、事件もどうなっていたかわからない。桑原さんの代わりに矢面に立ち、全弾撃ち尽くしたうえで撃たれてたかもしれないし、ともかく先頭切ってたろ。何であれ、一歩も引かない人だから」

「何ていう人だい？」

「小林楠扶さんだよ」

「——ああ、銀座の黒豹」

「何だ、知ってるのか」

「銀座の不良で小林楠扶を知らないヤツは、モグリだよ。オレも名前を知ってるだけで、会ったことはないけどな」

　この小林楠扶こそ、村田勝志にとって、最初にして最後——生涯の親分（正確には兄貴分）となり、運命の人物となるのだから、縁とは不思議なものだった。もとより、このときの村田には、そんなことは夢にも知るよしもなかった。

「そうか、やっぱりうるさい連中には知れ渡ってるんだな、楠扶さんは」

「そりゃそうだよ。けど、それだったら、楠扶さん、獄中《なか》できっと歯ぎしりしてるぜ。シャバにいて現場にいた龍馬さん以上に、口惜しい思いをしてるんじゃないか」

「まったくだな。あの人の気性なら、そうだよ。刑務所で眠れない日々を送ってると思うな」

　二人の銀座の不良少年の推測は、まさしく当たっていた。というより、小林楠扶を知る人間なら誰もが推量できることだった。

「小林がどれほど無念の思いでいることか。刑務所にいる己の身をさぞや呪っていることだろうな。自重してくれればいいんだが……」

身内の先輩たちが恐れたのは、宇都宮刑務所に服役中の小林が、親分・輝男の死を知って激情に駆られ、暴発してしまうことだった。

なにしろ、彼が懲役1年の刑をつとめ終え、まさに出所が迫った、その直前に起きた事件なのだった。そこでヘタに騒ぎを起こして出所が延びるようなことになれば、元も子もないではないか。

そんな身内たちの懸念こそ杞憂に終わったものの、獄中で事件を知ったときの小林楠扶の衝撃は、彼らの想像をはるかに超えていた。

〈――親父が死んだって?!　……そんなバカなことが……〉

楠扶は頭が真っ白になり、躰から血がスッと引いていった。

官との出所直前面接もとっくに終わっているのに、そのままずっと放っておかれたままになっているのもおかしいと思い、

〈何だろ?　外で何か起きたに違いない!〉

と、敏感に感じとっていることではあった。

それがために、楠扶は独居房で悶々とした日々を過ごし、夜も寝られなかった。

けど、それにしたって、よもや高橋輝男の身に何かあったとか、最悪のことが起きているとは考えられなかった。

それが激しい撃ちあいの末に、一発の銃弾が輝男の心臓を捕らえ、高橋輝男はもはやこの世にいないというのだ。

〈……そんなことが信じられるか……そんなバカなことが……うそだろ！　おい……親父はオレに、待ってるぞって、手紙までくれたじゃないか……《いまに必ずお前たちの時代になるだろう。仕事はいくらでもあるから一日も早く帰るように。何事においても一生懸命に努力すればきっと道は開ける》って、親父！　あれはウソだったのか……〉

楠扶の頬をとめどなく涙が流れていた。

胸が潰れるような哀しみ、寂しさが小林を襲う。バカヤロ、泣くんじゃない――と、輝男の笑顔が脳裡を過《よぎ》っていく。

たまらなかった。楠扶の嗚咽《おえつ》は、いつか慟哭へと変わっていた。

子どものころから憧れ、命がけで慕った男の死。その人は世にも鮮烈な印象と忘れられない刻印を楠扶の胸に刻んで、閃光のように向こうの世界に駆け抜けていってしまったのだった。

その存在は、他にたとえようもないほど大きかった。あとに残された、このオレは、いったい誰に頼って、どうして生きていったらいいのだろうか。

それにしても――と、深い哀しみのあとで、楠扶を襲ったのは、強い後悔と自責の念であった。

オレがシャバにさえいたら、絶対にあんな事件は起こさせなかった。親父は必ずこの手で守れたはずなのに――と。

〈それなのに、オレはなんてつまらんことで懲役に……大バカだよ、オレは〉

自分を赦《ゆる》せぬ思いだった。慙愧《ざんき》の念が、楠扶の胸をしばらく苛み続けた。

5

楠扶が事件を起こしたのは昭和28年秋のことで、兄弟分の〝新橋の隼〟、舎弟の鈴木龍馬が一緒だった。

楠扶が龍馬を舎弟にしたいきさつというのも面白かった。

龍馬が不良少年として銀座にデビューしたのは、高校生になって間もない16歳の時分である。

龍馬も御多分に漏れず、ダンスホールを溜まり場として年中喧嘩沙汰を繰り返し、腕に覚えのある連中を次々と屈伏させては顔を売っていく。

そのうちに高校も中退し本格的に不良の世界へと参入、30歳で天下を取る——との目標に向かって一目散に突進。その名は銀座で売れていき、大勢の舎弟も従えるようになった。

17歳のころには、いっぱしの兄《あに》ィとしてかなりの顔になっていた。

〝銀座の黒豹〟こと小林楠扶と出会ったのはそんな折であった。

当時、東京の不良少年は、夏になると、鎌倉海岸へ行き、そこを根城に遊ぶのが定番であり、ステータスでもあった。つまり、夏の鎌倉海岸は不良の巣となったわけだが、龍馬はそこでも顔だった。

材木座海岸で営業していた「松風閣」という大きな海の家の用心棒を任されたほどで、龍馬は夏の間、十人ほどの舎弟を引き連れてきていた。夜は舎弟とともに店に寝泊りした。

そんなある日、店で酒を飲んでいた、見るからに愚連隊風の男が、だんだん悪酔いしてきてオダを巻きだした。かと思うと、暴れだし、グラスを割ったり、椅子を蹴飛ばし始めたのだ。

「オレは新橋の隼ってもんだ。てめえら、知ってるか」

などと言いながら、バンバンやりだしたから、駆けつけてきた龍馬が、

「このヤロー！　ハヤブサだかトンビだか知らねえが、ナメた真似しやがって！」

と隼を店の外へつまみだした。さらに裏のほうへ引っ張っていって、思いきり締めあげたのだ。

「とっとと新橋へ帰れ！　二度と鎌倉に来るんじゃないぞ！」

隼はどう見ても龍馬より少し年上、二十歳を越えたくらいの年齢の不良に感じられた。

その翌日、松風閣に思いがけない男が訪ねてきた。

「兄貴、大変だ！」

昼過ぎ、海岸をブラブラしていた龍馬のもとへ、舎弟が息せき切って駆けつけてきた。

「どうした？」

「――ぎ、銀座の黒豹が……」

「銀座の黒豹？　小林楠扶さんか……どうした？」

「はい。兄貴を訪ねて店に来てます」

「一人か？」

「はい、そうです」

「ふーん、何だろう？　わかった。すぐ行く」

不良少年たちの間で、すでに小林楠扶の名は知られた存在であった。

「鈴木龍馬と申します」

店で待っていた楠扶に、龍馬が初対面の挨拶をすると、

「おお、君のことはよく知ってるよ」

と気さくに話しかけてくる。険悪な雰囲気ではなかった。

「何か？」

「うむ、実は昨日の隼の件だがな……」

隼と聞いて、龍馬は緊張し、舎弟たちにも張りつめた空気が流れた。楠扶の訪問が、いわゆる掛けあいと知ったからだ。

「あいつはオレの兄弟分なんだよ」

「……！」

楠扶の言葉に、その場が凍りつき、龍馬たちはサッと身構えている。

「あっ、いや、オレは喧嘩に来たんじゃねえ。隼のヤツのほうが悪いっていうのは、わかってるんだ。あヤツの酒癖の悪さは半端じゃないから。君らも肚に据えかねてやったんだろ。それは聞かなくても

わかるよ。ただな、オレも一応兄弟分である以上、このまま放っとくわけにはいかねえんでな。それは君らもわかるだろ?」

「はい」

龍馬は貫禄負けしないように気負って応えた。この年代の三つ歳上で二十歳というのは大人も同然の感覚があった。

「どうだろうな。オレもこうして来たんだから、ひとつ、オレの顔を立ててくれねえか。なあに、形だけでもいい、ヤツのこと、見舞いしてやってくれねえか。ちょっと怪我もしてるんでな」

「わかりました。異存ありません」

龍馬は言下に答えた。年少の不良少年に対して少しも高飛車なところを見せない楠扶の態度に敬意を抱いたのだ。

「そうか、オレの顔を立ててくれるんだな。悪いな」

「いえ、とんでもない。まさか小林さんの兄弟分とは知らなかったもんですから。すいません」

「いや、それはいいんだよ。かえってヤツにはいい薬になったろ」

翌日、龍馬は鎌倉から新橋へ一人で赴いて、楠扶に案内され隼を見舞った。隼は知りあいの家に下宿していた。

顔に大きな絆創膏を貼り、目の下に痣《あざ》をこしらえた隼は、果物籠を持った龍馬を見ると決まり悪そうな顔になった。

「どうもすいませんでした」

龍馬は頭を下げた。

「いや、こっちこそ悪かったな。酔っ払ってたもんでな。わざわざ来てくれたのか」

隼も、楠扶に言い含められていたのか、怪我させられたことを根に持っている様子もなかった。元来が気のいい男なのだろう。

「よし、お互いに昨日のことは水に流して、これからはいいつきあいをしようじゃないか」

楠扶が喜んで二人に申し渡した。

さらに楠扶は翌日、再び鎌倉の松風閣にやってきて、

「若い者《もん》が多くて大変だろ。これ、みんなに食わしてやってくれ」

と龍馬に、米俵一俵を届けてくれたのだった。

それからはちょくちょく松風閣に遊びにくるようになり、何かと情をかけてくれる楠扶に、龍馬はいよいよ魅《ひ》かれていく。

だから、そのうちに楠扶から、

「オレの舎弟にならないか」

と言われたとき、龍馬に否やはなかった。

〈昔から名前も知ってるし、男っぽい人だし、この人なら兄貴分として文句なしだ。喜んで舎弟にしてもらおう〉

龍馬は迷うことなく、

「よろしくお願いします」

と応えていた。

こうして龍馬は楠扶の舎弟となり、そこで初めて不良少年には憧れの雲上人——〝祐天寺《テンジ》の輝〞こと高橋輝男のところに連れていかれ、その一統に連なったのである。

6

さて、昭和28年秋、楠扶が新橋の隼、龍馬と連れだって、銀座のダンスホール「オアシス」に顔を出したときのことだ。

まったく新顔の愚連隊三人組にいきなり喧嘩を売られ、

「おまえら、見かけねえ顔だなぁ。随分と態度がでかいんじゃないか」

店に入って早々、背広の下に派手なアロハシャツを着た図体の大きな男がカランできたから、思わず隼が吹きだした。

「このヤロー！　何がおかしいんだ?!」

でかい男の両脇にいた連れの二人が、いきり立った。一人はサングラスをかけ、もう一人はソフトを被って精一杯粋がっている。

「見かけねえ顔とは、よく言ったもんだと思ってな。イモもここまで来たら国宝もんだよ。ここいらで小林の兄弟や龍馬の顔を知らないなんざ、おまえら、どこの山奥から来た百姓だ？」

隼は、おかしくて堪らないとばかりに応えた。この日はまだ一滴も酒が入っていなかった。

「――こ、このヤロー！」

顔を真っ赤にしてサングラスとソフトが飛びかかってくるより早く、楠扶と龍馬の拳が二人の顔面に炸裂、二人はもんどり打って倒れた。

隼も舌舐めずりして大柄な男と対峙している。曲がりなりにも楠扶と兄弟分で、〝新橋の隼〟と通り名を持つ男、やはり喧嘩も強かった。

「さあ、来い」

隼が獲物を追いつめるように一歩足を踏み出した。

と、次の瞬間、信じられないようなことが起きた。相手は巨体を揺るがして、その場から脱兎の如く逃げ出したのである。

一目散に店の外に駆け出していく敵の姿に、隼は呆気にとられながらも、すぐに気を取り直し、

「ヤロー！　待ちやがれ！」

とあとを追いかけたが、躰に似あわず、その逃げ足の早いことといったらなかった。

「逃げられたか」

楠扶と龍馬も敵の二人をとっ捕まえて、表に出てきた。さんざん締められたと見えて、相手は二人

とも顔を腫らしている。

「まさか逃げるとはなぁ。最近の愚連隊《グレ》は恥も面子もねえんだな。虚勢ばかり張りやがって……」

隼がボヤくと、楠扶が、

「まあ、いい。こいつらに、あのヤローを連れてこさせようじゃないか」

と執りなし、二人の尻を蹴りあげた。

二人とも大仰な悲鳴をあげ、

「おい、てめえら、明日、逃げたあのヤローを連れてこい」

と楠扶に命じられると、世にも情けない顔をして頷いた。どこかに飛んでしまったと見え、二人からはソフトもサングラスも消えていた。

「わかったのか！」

龍馬が声を荒らげると、

「わ、わかった」

蚊の鳴くような声で答えたが、隼は、

「いいや、おまえらの言うことは信用できん。よし、担保を預かるぞ。時計を外せ。それから財布を出せ。おまえらがあのヤローを連れてくるまで預かっとく」

隼と龍馬は、二人から時計と財布を取りあげた。

「そうだな。明日の午後1時、有楽町駅のホームがいいだろ。そこへ連れてこい。ヤツを連れてきたら、預かったものは間違いなく返すから」

楠扶が二人に申し渡した。

二人を解放すると、楠扶たちも翌日直接現場で落ちあうことにして別れた。

翌日、約束の場所へ一番先に行ったのは、龍馬だった。

さすがに警戒し、知りあいの女に頼んでアベックを装い、時間より少し前に出かけたのだが、現場の駅ホームには明らかに刑事と思しき連中があっちこっちに張っているのが見てとれた。二人組はあれからすぐに警察に駆けこんだに違いなかった。不良の風上にも置けない連中である。

〈こりゃ、ヤバいな〉

龍馬はただちに踵《きびす》を返して、女とともに現場を離れた。

だが、楠扶たちに連絡する術がなかった。携帯電話の誕生などまだ想像もつかない時代である。

〈弱ったたな。どうすりゃいいだろ。……けど、まあ、あのデカたちなら、兄貴たちもすぐに気づいて、体《たい》を躱してくれるだろ〉

龍馬は、楽観的に考えていた。

ところが、何も知らずに有楽町駅に赴いた楠扶と隼は、張っていた刑事たちにまんまと逮捕されてしまう。

翌日、新聞を見た龍馬は、仰天する。なんと新聞には、《銀座の三人組強盗》という大きな見出しで記事になっており、逮捕された楠扶と隼の写真まで載っているのだ。

しかも、《主犯の韓国人B（19）は逃亡中》として、龍馬が韓国人で主犯扱いされて報じられているのだから、わが目を疑わずにはいられなかった。

龍馬はただちに築地警察署に出頭した。

「本当におまえが全部やったのか？」

刑事の取調べに、龍馬は成りゆき上、仕方ないので、

「そうだよ。オレが全部やりました。あとの二人はたまたま一緒にいたから巻きこまれてしまっただけなんだ」

すべて自分が被ることにしたのだが、

「ふ〜ん」

と、刑事は疑わしげに龍馬を見遣るだけだった。

結局、龍馬は未成年だったこともあって、練馬の東京少年鑑別所送りとなり、わずか2週間でシャバへ戻れることになった。

一方、楠扶のほうは23歳の成年で、それまでも年中警察沙汰を起こしていたから甚だ心証が悪く、懲役は免れない状況になっていた。

この時期、楠扶にとって何よりつらかったのは、交際中の彼女としばらく会えなくなるという現実であった。楠扶は烈《はげ》しく恋していたのだ。いまだ成就していないその恋が、そのまま永遠に実らぬままに終わってしまうのではないかと考えただけで、焦燥感が湧き起きた。

彼女こそ楠扶にとって運命の女性、生涯の恋女房となる輝代であった。

やがて楠扶は、東京地検に起訴されて築地署から東京拘置所へと移され、間もなくして保釈となった。

二人の恋には最初から大きな難関が立ちはだかっていた。浅草の彼女の母親が、二人の交際に猛反対していたのだ。

二人はその母に隠れて逢瀬を重ねた。禁じられることでなおさら燃えあがるというのは、昔も今も変わらぬ恋の定理である。

「楠扶のヤツ、本当に彼女に惚れてしまったようだな。なんとかならんのか」

二人の恋の行く末を、高橋輝男までもが心配しだした。

それほどまでに困難な恋であった。

だが、反対され、何回門前払いを受けながらも会うまでにこぎつけ、誠心誠意、真情を叶露し、誠実さを見せた楠扶に対し、とうとう彼女の母も折れた。

紆余曲折の末に、ようやく許しがもらえそうになったとき、楠扶のすぐ目前に迫っていたのは、刑務所入りであった。楠扶はそれを考えると、気が滅入って堪らなくなった。

弁護士によれば、懲役は免れそうになく、1年くらいの刑がつくかもしれない——とのことだった。

いままでなら、そんな短期刑など何ほどのこともなく、むしろ獄中で男を磨く好機とばかりに苦もなくつとめに入ったことだろう。

だが、今度ばかりは違った。惚れた女と1年も離れて暮らすことを考えただけで、耐え難かった。

それより何より今回の事件は、到底1年も服役しなければならない性格のものとは思えず、楠扶にはどうにも理不尽な気がしてならなかった。

〈何であんなことで、1年も懲役へ行かなきゃならないんだ……〉

との遣りきれない思いである。

そんなこともあって、一審判決が出たあと高裁に控訴し、裁判も先延ばしにしてきて1年以上も経ってしまった。今回ばかりは1年の懲役が長く、ともかく一日でも先に延ばしたいほど、シャバを離れるのが嫌で堪らなかったのだ。

結局、そのことが楠扶の運命を大きく変える結果となった。運命の昭和31年3月6日という日に、楠扶は獄中で過ごすことを余儀なくされてしまったのである。

7

村田勝志が2週間で練馬の東京少年鑑別所を出たのと相前後して、小林楠扶も懲役1年の刑をつとめ終え、宇都宮刑務所を出所した。帰るところは、ともに銀座であった。

二人は間もなくして出会い、生涯の絆を結ぶことになるのだから、不思議な縁だった。

このとき村田は、楠扶より9歳下の17歳、恐いもの知らずで、最も血気盛んな歳ごろであった。

それでなくても、幼少の時分から喧嘩ばかりしている子どもで、〝突貫小僧〟の仇名がついたのも、幼稚園のときだった。

父親は築地の魚市場の仲買人、いわゆる魚河岸の勇み肌で、草相撲の三役まで張った男。息子が喧嘩に負け泣いて帰ろうものなら、マグロ包丁を取り出してきて、

「泣くな、バカヤロー！　これ持って、もう一回行ってこい！」

と追い出すような父親であった。

おのずとその気性を受け継いで、村田も喧嘩だけは誰にも負けない男になっていく。

昨年春、高校に入学したものの、喧嘩沙汰で早々に退学となり、いままたネリカン帰りという身になって、まわりの不良少年たちの村田を見る目も違ってきた。

村田もハクをつけたような気になったのか、以前にも増して、銀座を肩で風を切って歩くようになった。

いや、ネリカン体験のせいだけではなかった。村田がまるで天下を取ったような気分で銀座を闊歩していたのは、もっと別の直截《ちょくせつ》な理由があったからだった。

彼は45口径のコルト・ガバーメントの拳銃を手に入れ、それを常時持ち歩いていたのだ。

当時流行の黒のトップズボン、黒の革ジャンスタイルに身を包み、拳銃を脇の下に吊るして、あたかもアメリカのギャング映画の主人公、ジュームズ・キャグニーにでもなったような感覚で、

「さあ、どっからでも来い！　みんな撃ち殺してやる」

とばかりに伸《の》し歩いていた。

そのコルト45口径拳銃は、築地の実家近くの「アモール」という喫茶店で毎日開帳されていたカード賭博で、村田が米兵から巻きあげた代物だった。

ちょうどアモールの真ん前――旧海軍騎兵学校が進駐軍兵舎になっており、その喫茶店は米兵や愚連隊、街娼らの溜り場となっていた。そこでは連日ブラックジャックが行われ、村田は米兵たちをカモにしていたのだ。

ついには村田に対し、負けが込んだ米兵が、コルト45口径拳銃をカタに出して来たという次第だった。かくして、

「村田がいつも拳銃を持ち歩いている」

とは、知る人ぞ知るところとなっていたのだが、その一人に、村田たちとつきあいのある築地のヒロコという不良少女がいた。このヒロコは銀座の顔役Iの代貸である栄ちゃんの彼女だった。

村田の拳銃の一件は、ヒロコから栄ちゃんを通してIに伝わり、Iは人を介して村田に対し、

「拳銃を5万円で買ってやる」

と申し出てきた。

Iが村田よりだいぶ貫禄が上のヤクザ者であるとはわかっていても、小林楠扶と兄弟分であることまでは村田も知らなかった。

昭和31年の5万円というのは、少年には破格の値であったから、村田も、

「5万円ならいいよ」

と承諾し、浜町の料理屋で落ちあうことになった。

村田が店に赴き、座敷にあがると、Ｉが二人の若い衆を両脇に従えて待っていた。人払いしてあるのか、他に誰もいなかった。

村田を見るなり、Ｉは用件に入った。

「どれ、拳銃を見せてくれるか」

「ええ、いいですよ」

村田が拳銃を取り出すと、Ｉが、

「1万円に負けてくれねえか」

と言ってきたので、村田の拳銃を持つ手がピタッと止まった。

「それはできませんよ」

言下に拒否した村田に、Ｉの両脇の若い衆二人が、

「何だと?!　てめえ！」

台本通りに凄みだした。それを抑えて、Ｉが、

「弾丸《たま》はあるのかい」

と聞いてきたから、

「ありますよ。いま詰めますから」

村田は弾倉を引き抜いて弾丸を詰めた。

「弾丸《たま》込みで1万円だ」

有無を言わせぬIの声。

装塡を終えた村田は、遊底を引くと、銃口をIの胸に向けたまま、

「これで引き金を絞ると、弾丸が出ますぜ、親分さん」

「……おい、バカヤロ、向こうへ向けろ」

Iがあわてだした。

「バカヤローはこっちの科白よ。冗談じゃないぞ。これが1万円で売れるわけねえだろ！」

村田は開き直って、そのままあとずさりした。Iに銃口を向けたままだった。

「……」

相手連中は、声を呑み、なす術もなかった。

村田は悠然と引きあげ、店を出ても、誰も追ってくる者はなかった。

それからしばらく経ったある日のこと――。

村田が例によって築地のアモールで、米兵とブラックジャックを楽しんでいると、

「勝《かっ》ちゃん、知りあいが来てるよ」

と店の女の子に知らされ、村田が振り返ると、石垣という中学の一級上の遊び仲間が立っていた。

「おお、久しぶりだな。どうしてた？」

「勝《かつ》ちゃん、今日はお客さんを連れてきたよ。勝ちゃんに会いたいって言う……」

「へえ、オレにかい」

「ああ、ビッグゲストだぜ。いま、お連れするから」

「へえ、誰だろ？」

やがて、二人の男が村田の前に現われた。初めて見る顔だった。眼鏡をかけ、浅黒く精悍な顔をした男と、その後ろに一歩下がった、舎弟と思しき人物だった。

二人ともスーツ・ネクタイ姿で、どこから見ても垢抜けており、同じ銀座のヤクザでもどこか違うという感覚は拭い難かった。

もしかして、この人は――との予感めいたものが、村田にはあった。

石垣が紹介するより早く、相手は村田に名のりをあげていた。

「小林楠扶と申します。こっちは私の舎弟で許斐《このみ》勝彦です」

ズバリ予感が当たったので、村田は自分でも驚いた。ほぼイメージしていた通りの人物像であったのだ。

「自分は村田勝志と申します。お名前はかねがね存じあげてました」

「ほう、そいつは光栄だな。どうせ悪い噂ばっかりだろうけどな」

「いえ、とんでもない。銀座で小林楠扶さんを知らないのは、モグリですから」

「世辞とわかっても、そいつは悪い気がしねえな」

「お世辞なんて……」

確かに、村田という男は、世辞など言える人間ではなかった。

「で、今日は自分に何か？」

「うん、どうだろう、君の持ってる拳銃、このオレに売ってくれないかな」

「ああ、その件ですか。タッチの差ですよ、小林さん。昨日、他の人間に売ってしまいましたから」

村田が心底残念そうな口ぶりになった。

「ああ、そうかい。それなら仕方ないな」

むしろ買い手の楠扶のほうが、あっさりしていた。諦めも早かった。

少しも残念そうな素振りを見せない相手に、村田は怪訝《けげん》な顔になった。

「いや、ホントのこと言えば、村田君、拳銃なんてどうだっていいんだよ。そんなもん、口実みたいなもんさ」

「はあ……？」

「オレの本当の目的は、君さ。村田君だよ。君をスカウトに来たんだ。どうだい、オレのところに来ないか」

思いがけない話だった。いや、村田はどこかでこうなることも予感していたような気がした。デジャブ感があった。

どちらにしろ、村田は感激せずにはいられなかった。

〈銀座の黒豹が直接オレをスカウトに来てくれるとは！〉

村田に否も応もなかった。

「よろしくお願いします」

その場で即答していた。

「いま、オレんところは、鎌倉で海の家をやってるから、一度、遊びに来りゃいい」

「はい。ぜひ」

村田がネリカンを出てもう4ヵ月、すっかり夏の季節になっていた。

「もう戦後は終わった」と経済白書が記し、石原慎太郎の小説『太陽の季節』が芥川賞を受賞し、社会現象となるほどの大ブームを巻き起こすのも、この年だった。

村田は翌日には鎌倉へ楠扶を訪ねていた。

その日から、村田の部屋住みは始まったのである。

8

小林楠扶が夏の鎌倉で営業していたのは、「海の家」ならぬ貸ゴムボート屋であった。

「弁慶」という店名は、楠扶が飼っていた秋田犬の名から取ったものだった。

常時七、八人の若者が寝泊まりして商売に励んでいたが、遊びたい盛りで食い盛りの若者ばかりとあって、店の売りあげはすぐに彼らの胃袋にと消えた。弁慶の裏にある不二家の海の家へ、皆で繰り出してはカレーライスやアイスクリームにありつくのだ。

「どうしてうちは、いつも売りあげがこんなに少ないの？」

楠扶夫人の輝代が嘆くと、村田の先輩たちは、

「うちの店は人気ないんですよ。なにせ、ゴムボートは古くてツギハギだらけ。乗ってる途中で空気が抜けてしまうことが多いんです。それでなくても、彫り物入れてるヤツもいますから、客が寄りつかないんです」

と言ってごまかした。

「ふーん、なんとかならないのかしら……？」

先輩たちは、自分たちの行状がバレないかとヒヤヒヤものであった。すると、

「姐さん、任せてくださいよ。明日からは売りあげ倍増、きっと流行らせますから。まあ、見ててください」

と調子よく言うヤツがいたから、皆がビックリして男の顔を見た。田中という強者だった。あとで、誰かが、

「おい、おまえ、大丈夫か。姐さんにあんなこと言って」

と問いつめても、田中は平然としたものだった。

「なあに、他のとこ、潰しちゃえばいいだけのこと」

「――ん？」

田中が翌朝、まだ明けきらぬうちからやったことは、ライバル店のゴムボートを次々にナイフで穴を空けていく作業だった。

それは効果覿面《こうかてきめん》、ゴムボートが使えなくなって、他の店の者が泡を食うなか、弁慶に客が集中するのは理の当然となり、その日は信じられないような売りあげがあった。

これには輝代夫人も大喜びしたが、

「でも、変ね。どうして急にこんなにお客が来るのかしら？」

盛んに首を傾げた。まさか若者たちが、そんな悪さをしているとは夢にも思っていないのだ。

ともあれ、ボスの小林楠扶といまだ二十代後半の青年、その下に集う舎弟たちも揃ってみな若く、そして誰も彼もが貧乏で、みな腹を空かせていた。そんな時代であった。

楠扶にすれば、渡世の親と仰ぎ、人生における絶対的な指針・目標であった高橋輝男という大きな拠りどころを失い、しばらくその喪失感は抑え難いものがあった。

ようやくそんな失意のどん底からは立ち直りつつあったが、時代はいまだ彼に与《くみ》せず、多くの舎弟を抱えて、楠扶は貧乏暮らしを余儀なくされていた。

ときには食べる米さえなくて、腐りかけの糸を引いた御飯をみんなで焼き飯にして食べたこともあった。

「結構いけるじゃないか、これ」

楠扶が言うのに、若者たちも、

「旨いですよ。全然いけます」

とボスにあわせたが、旨い不味いは二の次、誰もがはるかに食い気のほうが勝っていたのだ。

楠扶の愛犬・弁慶の餌用に、四谷の「フランクス」というステーキハウスから貰う肉など、彼らにすれば、飛びきりの御馳走で、

「あっ、弁慶のヤツ、オレたちよりいいもん食ってやがるな。けしからん」

と横どりして食べてしまうのも、ザラだった。フランクスの若きオーナーの榊原《さかきばら》繁は、石原裕次郎、長嶋茂雄と兄弟分という名物男で、楠扶とも交流があったのだ。

ところが、悪いことに、たまたま村田たちがその弁慶の餌用の肉を食べているとき、姐さんに見つかってしまい、

「あら、おいしそうね。私にも頂戴」

となった。

「——姐さん、ちょっとこれは……」

と止める間もなく、姐は口に入れ、

「おいしいわね」

と舌鼓を打っているから、

「……」

彼らは何も言えず困ってしまうこともあった。

あまり貧乏が苦にならない連中ばかりで、村田もそんな暮らしを結構楽しんでいた。楠扶の側にいられるだけで嬉しかったのだ。

だから、鎌倉での部屋住みが二夏ほどで終わり、楠扶夫妻の住まいが東京・赤坂の新坂町から永川町へ移っても、村田はずっと部屋住みを続け、楠扶の側を離れなかった。

当時、楠扶の所属する大日本興行の本部事務所は、銀座の三陽ビルにあり、村田たちは近くの「チェロ」という喫茶店を溜り場にしていた。

午前中、数人で連れだってその店に行き、トーストとミルクで朝食を済ませるのが日課となっていた。

が、店に払う金があったためしがなく、仲間の一人をカタに置いて、他の者が金を作りに行くのが常だった。

よそ者の不良が銀座をうろついているのを見つけたらシメたもので、

「おい、てめえ、オレに小遣いを出せ！」

と恐喝に及び、逆らうヤツがいたら、問答無用で叩きのめした。そのうえで3000円から5000円の金を出させるのだが、そのカモがなかなか見つからず、人質を請け出すのが夜になるのも珍しくなかった。

なにしろ、みな金がなくて腹を空かせていた。ひどいときには、あまりの空腹に耐えかねて、朝日新聞社の屋上に集う伝書鳩を捕まえ、みんなして食べたこともあったというから、貧乏も極まれり。

小林楠扶の乗る車もずっと中古車だった。しかも、運転手役の若い衆が途中でいなくなってしまい、仕方なく村田が代わって運転手をつとめたことがあった。むろん無免許運転だった。

「何だ、おまえ、運転できるのか」

驚いたのは兄貴分の楠扶である。

「転がすくらいはできますよ」

「じゃあ、明日もやってくれるか。明日一日だけでいいから」

「わかりました」

一日のつもりが、結局1年半もの間、村田は無免許運転を続けるハメになった。その間スピード違反や信号無視等で警察に捕まること8回、楠扶も村田も金がなくて罰金を払うことが叶わず、村田は構わず乗り続けた。

罰金にも呼び出しにも応じない村田に、業を煮やした警察は、終いには直接彼を迎えに来る始末だった。

9

よそ者の不良を恐喝するばかりではメシが食えるはずもなく、村田たちが目をつけたのは、当時、大学生たちの間で大流行りしていたダンスパーティだった。

大量に仕入れたパーティ券を学生たちに売りつけると、いいカネになったのだ。

向後の一統と揉め、「浅草妙清寺事件」を引き起こす一因ともなるトラブルを起こした飯田橋の因縁のダンスホール「飯田橋松竹」も、村田たちには格好のシノギの場となった。

まさにダンスパーティ真最中の会場へ乗りこんで、踊っている連中に他のパーティ券を売りつけると、面白いように捌《さば》けるのだった。

懐が温かくなり、してやったりとばかりに表に出ると、一人の男が立っていた。ビシッとネクタイをしてスーツ姿の、ひと目で銀座の不良とわかるスタイルである。

「おう、おまえら、どうだ、調子は？」

「あっ、兄貴」

村田がすぐに気づいて、笑みを向けた。

銀座の楠扶の一統で、先輩格の直井二郎であった。明治大学出身の学生愚連隊《グレ》あがりで、〝池の二郎〟の異名があったのは、大田区洗足池の出であったからだ。

「おい、村田、景気良さそうじゃねえか」

「兄貴、お陰さんでパー券、全部売れましたよ」

「そいつはよかったな」

ボスの小林楠扶を別にして、村田が一統の先輩の中では唯一、「兄貴」と呼んで慕う相手だった。

直井が銀座へ出て小林楠扶の舎弟となったのは､兄弟分である鈴木龍馬に引っ張られたことによる。

そもそも直井が龍馬と兄弟分になったのは、夏の鎌倉で、龍馬が海の家「松風閣」の用心棒をやっていた時分で、彼がまだ小林楠扶と出会う以前のことだ。

龍馬が舎弟たちを連れて材木座海岸を歩いていると、向こうからも見るからに不良少年と思《おぼ》しき一団が、肩で風切って歩いてきた。

そこで何が起こるかは、誰にでも予測がつくことだった。

「おい、鎌倉じゃ見ねえ顔だな。新顔があんまりツッパッて歩いてんじゃねえぞ」

「おお、早い話が喧嘩売ってんだろ。すぐに買ってやるから、ごたく並べてねえで、とっとと始めようじゃないか」

ボス同士の喧嘩仁義とでもいうべきものであったろうか。

「おやっ、久しぶりにストレートな科白を聞いたな。よっしゃ、気に入ったよ。じゃあ、始めようか」

「おっ始める前に、あんたの名前を聞いとこうか。オレは直井二郎ってもんだ」

「――何っ、〝池の二郎〟か。こいつはたまげたな。オレは鈴木龍馬って言うんだが、あんたのことはよく聞いてるよ」

「ほう､〝銀座の龍馬〟なら､オレも名前はよく知ってるよ｡こんなところで会えるとは思わなかったな」

互いに不良少年の間では知られた名前であったのだ。そうなると、話は早かった。

二人とも同い歳の17歳、片や銀座、一方は洗足池と地盤は違っても、天下を取ろうと目ざすところ

は同じとあって、たちまち意気投合、

「オレたち兄弟分になろう」

と契りを結ぶのに時間はかからなかった。

間もなくして龍馬は小林楠扶の舎弟となり、大日本興行の一統に連なって、やがて起きたのが、「浅草妙清寺事件」であった。

現場に居あわせ事件の当事者となった龍馬は、築地署に出頭後、逮捕され警視庁に移送となった。

同留置場にいたとき、偶然にも別の事件で逮捕され隣りの房に入っていたのが、直井であった。

直井はまだどこにも所属していない一本独鈷《いっぽんどっこ》だった。

二人は思わぬ再会を奇貨とし、機会を見つけては声を潜め話し続けた。

「――兄弟、このたびは言葉もねえ」

「うん、親父が死んで、オレたちもみんなパクられて……もうシャバにゃ、小林の兄貴しか残っちゃいねえ。兄貴はもうじき宇都宮から出るんだけどね」

「察しがつくよ、正念場だってことはな」

「……そこで兄弟に頼みたいことがあるんだが……」

「何でも言ってくれよ」

「無理は承知なんだが……」

「オレとおまえの仲じゃないか」

「小林の兄貴を助けてやっちゃくれねえか」

「……」

「銀座に行ってもらいたいんだよ、兄弟に」

「オレに小林楠扶さんの舎弟になれと言うんだな」

「そうだ」

「う〜む……」

「頼む」

「よし、わかった。兄弟、そうしよう」

「済まん、兄弟、恩に着るよ」

「何を水臭いこと言ってるんだ。それより、兄弟、問題は、小林さんがオレみたいな半端なヤツを受け入れてくれるかどうかだろ。そっちのほうが心配だな」

「何、言ってやがる。兄弟が来てくれりゃ、銀座も百人力だよ」

「オレでもお役に立てるんだな」

「むろんだよ」

かくして直井二郎は間もなくして、銀座の小林楠扶の門を叩いてその舎弟となった。

直井はのちに小林楠扶が結成する小林会の会長代行をつとめ、ナンバーツーとして活躍。ばかりか、一緒に連れてきた配下の中からも、楠扶のもとで大きな戦力となる人材も出てきた。

昭和36年10月、楠扶は政治結社・楠皇道隊を旗上げし、さらに昭和44年3月、それを発展的に解消して日本青年社を結成したとき、その中心メンバー（行動隊長、のちに二代目会長）となる衛藤豊久も、そんな一人であった。

衛藤は十代のころ、楠扶が夏の鎌倉で毎年開いていた貸ゴムボート屋で、村田勝志と一緒に部屋住みした間柄でもあった。

飯田橋松竹でパー券の商売《シノギ》に成功した村田は、店の前でバッタリ直井二郎と顔をあわせ、連れだって近くの神楽坂のバーへと繰り出した。

「兄貴、ここんとこ衛藤と会ってませんが、元気にしてますか」

「うん、あいつはもうオレの手を離れたよ。もともとヤツはヤクザやるような男じゃないからな。念願の愛国運動のほうに打ちこもうとしてる。兄貴がうまく導いてくれるだろ」

「オレなんかと頭の出来が違いますからね。それでも鎌倉でゴムボート屋やってたころは、お互い十代のガキで、ワルさしてた仲なんですけどね」

「小林の兄貴も、こうと決めたらまっしぐら、脇目も振らずに突き進むタイプだからな。オレは心配なんだよ、右翼のほうの運動をやるっていうのも……」

「まったくですね」

村田の目にも、あんなに生真面目で負けず嫌い、愚直なほど一途な親分というのも、他に見たことがなかった。

その小林楠扶率いる小林一統――のちの小林会も、この時分はまだ黎明期にあるといってよかった。

昭和30年代半ば、日本社会が戦後の転換期にさしかかろうとしていたとき、彼らもまた、新たな時代を迎え、大きく飛躍を遂げようとしていた。

10

親分子分ともども貧乏のどん底にあった小林楠扶の一統が、ようやく経済的基盤を確立し、窮乏暮らしを脱するのは、昭和30年代の早い時期だった。

楠扶にとって大きな転機となったのは、同じ銀座に本社があった「東日貿易」という新興貿易会社の社長・久保正雄と知りあったことであったろう。

久保正雄は東京の深川出身、戦後、アメリカ、インド、ギリシャなどからの食料品雑貨の輸入業に手を染め、昭和30年、資本金500万円で設立したのが、「東日貿易」であった。

そんな久保が、旧知のインドネシア駐日代表から、ある依頼を受けるのは、昭和33年が明けて間もない時期だった。

その依頼とは、近々の来日が決まっているインドネシアのスカルノ大統領の護衛《ガード》の手配であった。

インドネシアは昭和20年8月17日に独立宣言して以来、スカルノの傑出した政治力によって東南アジア最大の国家の統一に成功。だが、昭和31年以降、在スマトラの陸軍将校による反政府反乱が続いて、その内乱騒動は日本にも波及し、スカルノ訪日に際し、「反スカルノ派の刺客6人が日本に送られた」などという噂ともなっていた。

不穏な空気に包まれたスカルノの身辺護衛は必須となり、関係者は不安を抑えきれなかった。

そこで久保に対し、その緊急手配の依頼となったのだが、久保はうってつけの人材として白羽の矢を立てたのが、年少の友人、小林楠扶であったのだ。

「――えっ、スカルノ大統領のガードですか？」

小林楠扶も当初は驚きとともに、多少のとまどいがあったのも確かだった。

いくら親しい間柄とはいえ、仮にも一商社の代表からの依頼、商売に利用されるのは敵わん――との気持ちもあったからだ。

主だった舎弟連中に、意見を求めると、

「やりましょう！　インドネシア建国の父を護衛するなんて、これほどの名誉はありません」

真っ先に賛意を示したのは、衛藤豊久であった。弱冠二十歳を過ぎたばかりの衛藤は、明らかに興奮していた。

楠扶の肚も決まった。

「うん、よく言った、衛藤。オレもインドネシアを独立させたスカルノという男には、かねがね興味と敬意を抱いてたんだ。彼の独立軍に参加して死んでいった元日本兵も多いというじゃないか。この仕事は、断じて日本のためになることと、オレは信じてるよ」

楠扶の言葉に、

「なら兄貴、やりましょう。どうせ兄貴に預けたこの命、なんなりと使ってください」

と、村田勝志も力強く応えた。政治にはとんと興味がなかったが、何があっても楠扶についていく肚だけはできていた。

〈何だか知らねえけど、面白そうじゃないか〉

というのが、村田の本音でもあった。

スカルノの戦後初の来日は、昭和33年3月のことだった。

同日夕、小林楠扶の率いるスカルノ護衛団《ガード》20人は、赤坂の料亭「大久保」において、羽田空港から直行してくるスカルノ大統領とその使節団50人を待ち受けていた。

楠扶は宴会場のすぐ側に陣どって、部下の指揮に当たった。

「衛藤以下5人は正面入り口、村田と3人は内玄関、あとはパトロールだ。3人ずつ組になれ。不審な人間と見たら身元を確かめろ。ただし、言葉づかいは丁重にしろ。もし抵抗したら、構わないから叩きのばせ。一歩も敵を中に入れるんじゃないぞ。躰を張れ！　骨は拾ってやる」

楠扶のスーツの内ポケットには小型拳銃、料亭の表に駐めた車のトランクには、日本刀や猟銃がぎっしり積まれていた。

〝銀座警察〟の流れを汲む彼ら20人のスカルノ護衛部隊は、さすがに万事スマートだった。いずれも黒ダブルのスーツ、白ワイシャツ、ダブルボタンのフレンチコートというスタイルで、身のこなしも洗練されていた。

スカルノ大統領との出会いを、楠扶は後年手記(「女性自身」昭和43年2月11日号)でこう述べている。

《スカルノの印象は私の想像どおりだった。インドネシア国軍制服とスカルノ・ハットのりりしい姿、精かんなその横顔は、写真のとおりであったが、その、あまり大きくないからだからは、情熱とエネルギーがたちこめて、その熱気が私の肌にまで伝わるようだった。

スカルノは、私のことを側近から説明されたとき、あの人なつこい笑顔でちょっと元帥杖をあげて部屋の中に消えた。それだけだったが、のこされた私は少年のように興奮したのをおぼえている》

この日、スカルノ一行は料亭「大久保」から赤坂のナイトクラブ「コパカバーナ」へ席を移して宴は続けられた。さらにスカルノは深夜、夜伽の女が待つ横浜・磯子の和風の離れ座敷の旅館へと移動したという。

そこでも終始、楠扶たちボディガード部隊の目が光っていたのは言うまでもない。

スカルノは日本滞在中、帝国ホテルを宿舎にして連夜、政財界の要人に招かれ、新橋、柳橋、赤坂、銀座などに繰り出し、いわゆる〝お大尽遊び〟を繰り広げたという。

その間、ずっとガードを続けたのが楠扶たちで、その苦労が報われ、スカルノの第1回目の訪日は何事もなく終わったのだった。

以後、11回に及ぶスカルノの来日のたびに、楠扶の一統——のちの小林会・楠皇道隊（日本青年社の前身）が、そのボディガードをつとめることになったのである。

翌34年6月、スカルノは国賓待遇で来日。その日本滞在中、東日貿易の久保正雄が前年同様、大統領を赤坂のクラブ「コパカバーナ」に招待した。

このとき、護衛役の楠扶は、端なくも一人の日本人女性の劇的な運命の変転の目撃者となった。

「コパカバーナ」での楠扶は、スカルノからひとつ離れたテーブル席——店の入り口とスカルノを直線で結んだその間の入口側の席に座るのがつねだった。

仮に入り口から刺客に挙銃で狙われても、自分の大きな躰が妨げになるだろうと考えてのことで、この夜もそうだった。

《その夜、スカルノはことのほか上機嫌だった。T貿易（東日貿易）が特に選んだホステスが大統領の傍らにいた。

若いけれど、いかにも田舎っぽくアカぬけない女だった。コパカバーナといえば東京の夜の社交場としては国際的に知られたクラブだけに、女性も洗練されたのが多かった。

それだけに、大統領のそばにいるホステスの、個性を無視した厚化粧が、彼女の夜の商売に日が浅いことを物語っているようだった。

それが根本七保子だった》（前掲誌・小林楠扶手記）

このホステス根本七保子こそ、のちのデヴィ夫人（スカルノ大統領第三夫人イヴ・ラトナ・サリ・デヴィ）であった。

楠扶の眼に「アカぬけない女」と映ったホステスが、同年11月、インドネシアに渡ってデヴィと名を変え、その翌年、高貴な香りを漂わせあざやかに変身を遂げて日本に帰ってきた姿を目の当たりにしたとき、楠扶も驚嘆せずにはいられなかったという。

ともあれ、デヴィ夫人をスカルノに紹介したことで、大統領とのさらなる信頼関係を築いた久保正雄は、対インドネシア賠償貿易を一手に担うような形となった。

ほとんどビョーキとも言われた女好きというスカルノ最大の弱点を衝いて、東日貿易はライバル商社との競争に見事勝利を収めたわけである。

これによって、一介の新興商社に過ぎなかった東日貿易は、一挙に大躍進を遂げていく。

小林楠扶の一統が経済的基盤を確固たるものにしていくのと、軌を一にしていた。

11

村田はこの時代――「力道山事件」以前の思い出を、のちに小林楠扶が亡くなったとき、その追悼集にこう綴っている。
《会長と小生は二十四時間、常に一緒でした。その理由は、ある時、会長の運転手がズラカッテしまったため、会長の車を運転する者がなく、仕方なく「一日だけ無免許でいいから運転しろ」と会長に云われて運転をした所「仲々運転がうまい」と褒められ、その後「二、三日……」が「一年半」も無免許で運転をしたからです。

その間、八回も無免許で捕まりましたが、罰金を払うことも出来ず、氷川町の家へ警察がパクリに来る迄罰金を払って貰えない程、会長も金がなかったのでした。

その後、東日貿易の久保正雄さんと面識を得た会長は、次第に経済的に恵まれるようになって来ました。

会長の想い出は、容易に尽きません。例えばインドネシアのスカルノ大統領が来日した時にボディガードをしたり、デヴィ夫人を拉致しようとした事など……。

然し、小生が最も強く感じたのは「会長はもの凄く強い人、強気の人」と云う事です。小生は未だ嘗て、会長程強い人に接した事はありません。人間、強いものには惹かれるものです。ですから小生も会長に三十六年間ついて来られたのです。

会長は、どのような抗争事件があっても決して他人《ひと》を頼らず、自分一人で立ち向かっていく人でした。小生が力道山と間違いを起こした時も、小生と運転手を呼んで「どのような原因であろうとも、怪我をさせた事は悪い事だから、謝罪に行かなければならない」と力道山の自宅へ連れて行かれて謝罪をしましたが、その時も又、その場で東声会と問題を起したのですが、会長はやはり強い人でした。東声会の人達が二十人位いましたが、「中央を突破するぞ！　来い！」と云われた時、小生は「この人は本当に強い人だ、俺は死ぬ迄、この人についていく」と心に決めました。

その時「この人の為なら俺はいつ死んでもいい」とも思いました》

この記述の中で、おやっ？　と思うのは、「デヴィ夫人を拉致しようとした事など……」という箇所で、あれ、小林楠扶の一統は、スカルノ大統領のボディガードを担当していた筈なのに、なぜ？

——との疑問が湧いてくる。

私は生前、その疑問を直接村田にぶつけたことがあった。すると、村田からは、

「うん、それはね、久保さんって人はさ、デヴィ夫人をスカルノ大統領にあてがったことで、彼の東日貿易が一気にインドネシア賠償貿易を独占する形になったんだけど、それで久保さんも欲が出たんだよ。自分でデヴィをスカルノに紹介しておきながら、今度は彼女を自分のものにしようとしたらしいよ。

なにしろスカルノはデヴィにメロメロにトロケちゃってたから、何でも言うこと聞くんだよね。彼女はそれだけ凄い力を持ってて、気に入らない将軍だと、すぐにスカルノに言ってクビにしちゃうんだから。

だから、久保さんも、スカルノをもっと抱きこもうとしてのことだったか、それとも単にデヴィの色香に眼が眩んだのか知らないけど、デヴィに対してそういう欲が出たんだな。自分のものにしようと……。

それをデヴィがスカルノにチンコロ（密告）したわけよ。そのため、久保さんはインドネシアで殺されそうになって、あたふたと日本に帰ってきた。

そこで今度はオレたちが、じゃあ、デヴィが日本に来たときに攫《さら》っちゃえとなって、羽田で待ち構えてて、デヴィの車をずっと尾行したんだけど、向こうも途中で勘づいたんだろうな、インドネシア大使館へ入っちゃったんだよ。そういうこともあったよ」

とまあ、なんともはや、戦後裏面史ともいうべき凄い裏話が、村田の口から飛び出してきたものだった。

確かに、東日貿易の久保正雄社長やデヴィ夫人らをモデルにした深田祐介の小説『神鷲《ガルーダ》商人』（新潮社）にも同様の話は描かれているし、久保は有名女性歌手との艶聞が聞こえてきたり、女性に関してはなかなかの発展家であったのはよく知られている。

デヴィ夫人が初めてスカルノ大統領と出会った昭和34年という同じ年の12月、村田にとって運命のナイトクラブが東京・赤坂にオープンした。

ホテルニュージャパンと同じ敷地内の地下に誕生した「ニューラテンクォーター」である。

その伝説のナイトクラブは建設費用1億4000万円、地上の入り口から降りる階段には赤絨毯が敷かれ、客はロビーホールで時価300万円のシャンデリアに迎えられた。

メインホールにゆったりとした間隔で並ぶ300数十席のテーブルや椅子は、アール・デコ風の特注品、天井は吹き抜けのドーム型で店内を照らすブルーの照明が神秘的であった。

何もかもゴージャスだった。選び抜かれたホステスは常時80人、スタッフもポーター、フロント、クロークに至るまで一流揃いであった。

それより何よりニューラテンクォーターが東洋一のナイトクラブと称されたのは、夜な夜な、内外一流のミュージシャンたちによって、豪華絢爛たるライブショーが開催されたことであったろう。トリオ・ロス・パンチョス、アール・グラント、ナット・キング・コール、ルイ・アームストロング……綺麗星のごときスーパー・スターたちがショーを繰り広げたのだ。

当然ながら、来店する得意客は各界の超一流著名人に限られた。高松宮殿下ら皇族から河野一郎、中曽根康弘、福田赳夫ら政治家、力道山、石原裕次郎、長嶋茂雄、美空ひばり、三船敏郎、海外からはショーン・コネリー、モハメッド・アリ……等々。

なぜ、ここへ、およそ場違いともいえる、ヤクザ界でもまだ下っ端の村田勝志が入店でき、常連客となることができたのか？

答えは簡単である。村田の親分である小林楠扶がニューラテンクォーターの「顧問」、平たくいえば、「用心棒」を任されていたからだった。

ニューラテンクォーターは、児玉誉士夫の旧児玉機関と深く関わりあいのある店であった。

同社社長の山本平八郎は旧児玉機関の副機関長・吉田彦太郎の徒弟にあたり、自身も旧児玉機関の福岡支部長をつとめていた。

長男の信太郎に一切を任せ、東京・赤坂でニューラテンクォーターを始めたのも、吉田のお声がかりがあってのことだった。

まだ若く、オープン当時29歳という住吉一家の小林楠扶に、ラテンの顧問を任せたのも、児玉誉士夫の推薦があったからだが、小林は斯界《しかい》でも売り出し中の若手実力者であった。

小林は右翼運動にも取り組んで、児玉に傾倒し、児玉からも可愛いがられていた。

そうした背景があって、まだチンピラ同然であった村田も、ラテンへの出入りが許されていたのだった。

世に名高い「力道山事件」が起きるのは、オープン5年目、昭和38年12月8日のことで、村田はいまだ24歳であった。

それでも少年のころから不良のキャリアを積んだ身であったから、同期より出世も早く、この年には、港会（住友会の前身）の名簿にも、会員としてしっかり名前が載る存在となっていた。

もはやただのチンピラではなかったのだ。

第三章

恋と革命のために女は生まれてきたのよ

ALL'S fair in love and war 女格闘家・篠原光の誕生

娘の光を連れてお出かけする村田

1

――不思議だった。

どうして私の人生、こんなに〝プロレス〟がついてまわるんだろう？　こういうのを因縁て言うんだろうな……。

光は思わずそんな感慨を抱かずにはいられなかった。

女子総合格闘技の選手としてプロデビューが決まり、その対戦相手が女子プロレスラーと知ったときのことだ。

現在つきあっている彼氏も、現役の若手プロレスラーで、極め付きは彼の叔父であった。ハワイの元プロレスラーであり、なんと現役時代は力道山とタッグを組んだこともあるというのだから、それを聞いたときには、光ものけぞってしまった。

力道山――戦後の日本人を熱狂させた最大の国民的ヒーロー。襲い来る外人レスラーを次々と得意の空手チョップでリングに沈め続けた最強のプロレスラー。

人気・実力ともに絶頂期の折も折、遊びに行ったナイトクラブで暴漢に刺され、その傷がもとで、39歳の若さで世を去ったという伝説のプロレスの王者。

その不世出のチャンピオン、国民的英雄をナイフで刺し、死に追いやった男こそ誰あろう、自分の父である村田勝志と知ったときは、何ら動じることを知らない少女でも、さすがにショックは隠せなかった。まして、中学二年生になろうという13歳の春休み、最も多感な年ごろであっただけになおさらだ。

そうは言っても、アントニオ猪木こそ知ってはいたが、光の世代は力道山の名に馴染みはなく、もうひとつピンと来なかったのも確かだった。

だが、その人を刺したということ以上に、父がその時分もいまも現役のバリバリ、有名なヤクザの組長であるという初めて知る事実に、光は唖然としてしまったのだった。

いや、そうではなかった。最初のショックは、力道山だ、ヤクザだという以前に、

《力道山を刺した大日本興行組員　村田勝志》

というタイトルが禍々《まがまが》しく躍る記事が載った雑誌を見せられ、

〈えっ、じゃあ、お父さんは人を殺したんだ〉

と思いこんでしまったことだった。

タイトルにショックを受けた彼女は、中味を見る気にもなれず、それからしばらくの間くわしいことは何もわからずに来たのだった。

それは昭和62年3月末、光は中学一年生を終えたばかり、二年生を目前にした春休みのことである。

その夜、彼女は埼玉・草加から、同級生の友人とともに新宿歌舞伎町へと繰り出していた。

思いきりグレていた彼女は、とても中学生とは思えない派手な化粧と服装に身を包んで、同じよう

な格好をした友人とネオンがきらびやかにまたたく歌舞伎町の通りを歩いていた。日本一の盛り場には、居酒屋、バー、キャバレー、クラブ、ディスコ・ダンスホール、ゲームセンター、ピンクサロン、ヘルス、ソープランド……まともな店から怪しげなものまで、あらゆる風俗店が立ち並んでいた。

その妖しい灯りは、どんなに夜遅くなっても消えることはなかった。

二人の不良少女はこの夜、歌舞伎町のディスコで夜通し踊りあかし遊んだのだった。

「ああ、楽しかったね」

「うん、でも、今日はもうひとつ、盛りあがらなかったなぁ」

「そうだね。いつものメンバー、来てなかったもんね」

「連中はノリノリだからさぁ」

どれだけ遊んでも遊び足りないというのだから、いつの時代も、若さとは恐ろしいものだ。

一方で、不夜城のネオン街を、あてどなくほっつき歩く二人の不良少女の姿は、ある種の男たちの格好の的となった。

「おネエちゃん、どこ行くの？」

そうした輩の一人が、さっそく声をかけてきた。ネクタイをピシッと決めた、一見優男風で、二十代後半と思しかったが、中学生の光たちから見れば、正真正銘の「オジさん」に違いなかった。

「君たち、アルバイトをやってみないかい。楽しいよ」

オジさんの猫なで声に、彼女たちが応えずにいると、

「君たちにピッタリのいい店があるんだけど、ちょっと話だけでも聞いてよ」

脈ありと見たのか、笑顔を見せて近寄ってくる。風俗店のスカウトであるとは彼女たちにもわかって、

「いえ、いいです」

と、光が断わっても、相手は執拗だった。

「まあ、いいから。悪いようにはしないよ。事務所はそこだから。ちょっとだけ話を……」

強引に光の腕まで摑んでくる。

これには光もキレて、

「てめえ、しつっこいんだよ！」

いつものヤンキーの地を出して唸ると、相手は目を丸くして、

「おおっ、いいねえ！　ネエちゃん、勇ましいなぁ。元気があっていいよ」

と少しも意に介さないばかりか、目が怪しい光を帯び、別人の形相になった。

ここに至って、光もようやく気づいた。相手が海千山千、生き馬の目を抜く業界に住む大人の不良であることに。

いくらツッパッても、1年前までランドセルを背負っていた女の子の、歯が立つ相手ではなかった。

「逃げろ！」

と相棒に叫び、自らもスカウトの腕を振り払った。逃げるっきゃない――と。

「待てよ、このアマ！」

スカウトも仮面をかなぐり捨て、不良の地を出してくる。

光は踵を返すや、すばやく駆けた。

「おい、待てや！」

相手が追いかけてくるので、光は必死で逃げた。

前を駆けていく相棒が、振り返るのを見て、

「うしろ見ちゃダメ！　早く逃げて！」

と叫んだ。

走り続け、連れの友人と別々になった光は、公衆電話ボックスを見つけると、その中に飛びこんだ。

急いで暗記している番号をプッシュした。

父親――村田勝志の麻布十番の自宅であった。

「――パパ、助けてぇ！」

明け方に近い真夜中、カタギの父親が起きている時間ではなかったが、村田は普通に起きていた。

というより、この時間に在宅していたことが珍しかった。

「何だ、どうしたんだ？」

娘の切迫した声にも、村田は少しも動じていなかった。

「変なオジさんに追っかけられてんの！　パパ、迎えに来て！」

「おまえ、いま、どこにいるんだ？」

「新宿の歌舞伎町……」

「そんならオレが迎えに行くより、おまえがタクシーに乗ってこっちに帰ってきたほうが早いだろ。そいつはまだ近くにいるのか」

「ううん」

光は公衆電話のまわりを見渡しながら、

「なんとか撒《ま》いたみたい……」

「じゃあ、そうしな。とっととタクシーに乗って帰ってくるんだ。いいな」

「うん、わかった」

光はすぐさまタクシーを拾うと、村田の住む南麻布1丁目の自宅マンションへと駆けつけた。

マンション10階玄関で父の新しい連れあいに迎えられ、光が居間に入るや否や、

「バカヤロー！　てめえ、そんなチンピラみたいなヤツにカラまれるヤツがあるか！　いったい誰の娘だと思ってやがんでぇ！」

江戸弁のベランメエ調で激昂する声が飛んできた。いまだ父親に叱られたという経験がなく、およそ初めてのことだったので、光は呆然とその場に立ち尽した。

次いで村田が、

「これ、見ろ！」

と、ポーンと光に放り投げてきたのは、一冊の雑誌であった。

2

「――え？」

光の眼は吸いこまれるように、その文言に釘づけになった。

大きな付箋を貼ってある雑誌の頁を開いた途端、飛びこんできたタイトルや小見出し。

《力道山を刺した暴力団員　大日本興行組員　村田勝志》

――云々という言葉の羅列。父の顔写真。初めて知る事実ばかりだった。

〈えっ、これ何？　……力道山て聞いたことあるけど、誰なの？　私のお父さんて、ヤクザだったの？　それよりパパはホントに人を殺してるの……？〉

いろんな疑問が光の頭の中を渦巻いた。

光はショックで呆然となり、しばらくの間、声も出なかった。

「わかったか。おまえはそういう父親の娘なんだ。オレの子だ。だから、今度何かあったら、言ってやれ。私のお父さんは力道山を刺したヤクザです――ってな。二度とチンピラみたいなもんにカラまれるんじゃないぞ。……ったく！　オレの娘ともあろうもんが、チンピラなんかにカラまれやがって……」

光があとで考えてもおかしかったのは、村田は娘が夜中、新宿の盛り場をホッツキ歩いていたのを怒っているのではなく、ただひたすらチンピラにカラまれたことを怒っていることだった。

〈そんな父親ってあり?!〉

と思わず笑えてくるのだった。

ともあれ、光は13歳にして初めて父の正体を知ったのである。女の子でありながらどうしようもない喧嘩好きで、いったん熱くなったら止まらなくなってしまうというヤンチャな性分がどこから来ているのか、嫌でも思い知ることになったのだ。

両親が離婚したのは、光がまだ母のお腹の中にいるときで、父・村田の浮気が原因だった。男にすればただの遊びでも、純朴で潔癖な東北女性である母には、夫の裏切りが許せなかったのだ。

そんな二人が出会ったのは、村田のホームグラウンドともいえる東京・銀座のナイトクラブ。マヤという名で店のバニーガールをしていた母に、村田はひと目惚れてしまったのだ。

仙台の高校を卒業後、上京した母――マヤが、銀座の会員制ナイトクラブに勤め、憧れのバニーガールとして働きだしたのは、昭和44年のことである。

世は高度経済成長の真っ只中、景気も上向きの一途をたどって、花の東京の世界に誇る大繁華街・銀座には、昼も夜も人が溢れていた。

田舎育ちのマヤには、見るもの聞くもの驚きの連続、目を見張らされることばかりだった。もともと派手なことや目立つことが嫌いで控えめな性分なのに、バニーガール志望というのも矛盾していた。

が、彼女にすれば、矛盾でも何でもなく、接客しなければならないホステスと違って、要はウェイトレスであろうバニーガールこそ自分向き――と考えたのだ。

銀座のナイトクラブに就職が決まったのも、たまたま世話してくれる知人があったからだった。

それにしても、政財界や各界の一流どころから怪しげな紳士まで集う、夜の銀座の賑わい、人間模様といったら、彼女の想像以上のものがあった。

そんな銀座で村田勝志と出会ったのは、バニーガールとして勤め出して2年目、昭和46年夏のことだった。彼女にとって3店目となるクラブ「B」で、2店目同様、引き抜かれて移籍した店であった。

村田が常連客の勝野という年配の会社役員に連れられ、初めて「B」にやってきた夜のことは、彼女ものちのちまで憶えていた。

勝野は最初の店からの馴染み客で、マヤが銀座に出て以来のつきあいだった。

「やあ、マヤちゃん、紹介するよ。彼は村田君と言ってね、これから銀座で売り出していく男だから、よろしく頼むよ」

勝野に紹介され、黙って軽く頭を下げた村田に、

「マヤです。どうぞよろしくお願いします」

と挨拶すると、村田の顔に小さな驚愕が見てとれた。

村田は長身でガッシリとした体軀、眉毛が濃く精悍な顔立ちであったが、顔色がやや蒼《あお》白く、少し窶《やつ》れて見えた。それでも背筋はピンと伸びていた。

「マヤちゃんがあんまり美人なんで、村田君も驚いてるみたいだな。無理もない。この娘《こ》は銀座新聞でミス・バニーガールに選ばれたほどのお嬢さんだからな」

勝野が言うのに、村田が眩しそうにマヤのバニーガール姿に目を遣っていた。

「やめてください。勝野さんったら、またそんなことを……」

困ったように控え目な抗議の声をあげるマヤの顔を、村田はなお凝《じ》っと見つめていた。

「それよりどうだい、立ったままじゃ何だ、こっちへ来てちょっと座らんか」

勝野の誘いに、マヤは、

「いえ、私たちはお客様の席に座ってはいけない規則になってますから」

「そんな固いこと言うなよ」

「いいえ、いけません」

「ちょっとだけなら、いいだろ」

「いえ、お許しください」

たまたまその光景を、近くで店の支配人が見ていたものだから、

「マヤさん、よろしいですよ。お客様の仰る通りにしなさい」

と彼の許しを得て、マヤはようやく勝野と村田のテーブルに同席したのだった。

「相変わらず固いねえ、君は。この村田君、随分長いこと、君のような美人と会ったこともなければ、話をしたこともなかったからね。7年ぶりなんだよ。出てきたばっかりだからさ」

「え？」

マヤには、勝野の言っている意味がわからなかった。

「いや、だから、彼は7年ぶりに府中刑務所を出所してきたばかりだってことさ」

「へえ、そうなんですか」

内心では驚いたの何の、とても平静でいられるものではなく、

〈確かに恐い顔をしているわ〉

と思ったが、マヤは動揺を必死で押さえて顔に出さないようにした。

勝野はなお続けた。

「マヤちゃんも憶えてるだろ。力道山が刺された事件。彼はあの事件を引き起こした本人だよ。そのおつとめを終えて帰ってきたのさ」

「えっ！」

今度こそマヤも、自分の感情を押さえていられなかった。唖然とした顔になっていた。

「力道山事件」は、畑と田んぼしかないような彼女の田舎でも、大変なニュースとなり、中学生の身にもショックだったことを憶えている。

〈じゃあ、この人が、あの力道山をナイフで刺した当人だって言うの?! それにしたって、この会社役員さん、何だってバニーガールの私に、こう何でもあけすけに喋るんだろ？〉

マヤは不思議に思って、二人の客の顔を交互に見遣った。

村田は過去の事件に触れられても、別段嫌な顔をしておらず、ポーカーフェイスのままだった。

「こんなことは隠してもすぐに知れ渡ることだからね。先に話しといたほうがいいと思ってね」

まるで村田の後見人か何かのように、勝野は話すのだった。

「はあ……」

「マヤちゃん、そんなわけで、この男をよろしくな」

「ええ、こちらこそ……」

何が何だかわからぬながらも、マヤは応えていた。

このとき、彼女は21歳。「力道山事件」のとき24歳だった村田は、32歳になっていた。

3

村田はそれからほぼ毎日、マヤの店にやってくるようになった。もちろんマヤ目当てだった。

ひと目会ったときから、村田には忘れ難い女となったのだ。

初めてマヤを見たとき、村田の中を少なからぬ衝撃が駆け抜けたのは、7年間の獄中暮らしで夢見続けた、〝まだ見ぬ女〟の理想像と、彼女がピタリ一致したからだった。

「バニーガールはお客様の席に座れないのです」

と彼女がいくら言っても、村田は頓着しなかった。

「他の客が来ないうちならいいじゃないか」

と、店のオープン間もないうちに来店してくるのだ。

それでも彼女は店の規則を盾にとり、頑なに村田との同席を拒否した。村田を連れてきた会社役員から聞いた話が耳にこびりつき、「恐い人」との思いが、なかなか頭を離れなかったのだ。

だが、村田は懲りなかった。ほぼ連日、「B」に顔を出しては、彼女に話しかけ、

「一緒に座らないか」

と迫るのだが、やんわり断られた。

そのつどシュンとなったり、不機嫌にもなったが、村田は決して乱暴な口を利いたり、店に当たり散らすようなこともなかった。

ホステスを相手に静かに杯を傾け、乱れることもなく、どこまでもきれいに飲む男が村田であった。

そんな姿を見ているうちに、マヤにもわかってきたのは、見かけと違って気のいい男なのだ、ということだった。

真面目な性格ゆえに、彼女の出勤はホステスの誰よりも早かった。

ある日、まだ開店前、彼女がボーイの仕事を手伝っていると、客はおろか従業員さえ揃っていないのに、村田が来店してきた。

「この時間なら、オレと座れるだろ」

これにはマヤも、呆れるとともにカブトを脱いだ。言われるままに、村田の席に座り、オープン前

のひととき、初めていろんな話をすることになったのだ。

それから二人は交際するようになるのだが、彼女の希望で、店の外で会うのは昼だけ、デートは専ら有楽町で映画――が定番となった。

『ゴッドファーザー』『ひまわり』『十戒』『太陽がいっぱい』……等々、数々の名画を一緒に観た。二人とも映画好きなのは共通していた。

マヤは村田とつきあっていくうちに、最初抱いた「恐い男」というイメージは、すぐに消え去った。それはこっちが勝手に思いこんでいた先入観というものであり、偏見であると思い知ったのだ。

村田は男らしかったが、それ以上に、何かと気遣ってくれるやさしい男だった。

ヤクザの看板を背負ってはいても、マヤやカタギの人の前では、一切そういうところは見せなかった。マヤにすれば、一般の男たちとそんなに違っているとは思えなかった。

結婚に際してもそうだった。いや、むしろカタギ以上に、村田は古風で律義、きちんとしなければ済まない性分のようだあった。

1年ほどの交際を経て、いざ結婚となったとき、村田は、

「おまえの親に会わせてくれ」

と言い、彼女の田舎まで出向いて、両親に会い、両手をついて、

「娘さんをいただきたい」

と頭を下げて申し込んでいるのだ。

もとより自分がどんな氏素姓の人間か、過去に力道山を刺して懲役7年の刑をつとめあげたこと、現在も東京・銀座で男を売る稼業、現役のヤクザの組長であること……等々、包み隠さず正直に打ち明けたうえでのことだった。

その実直さというか、誠意というべきか、村田の真摯な態度が、いたく彼女の父親の胸を打ったようで、

「よし、気に入った！　おまえは信用できる男だ！　オレはおまえの誠意を信じるぞ。娘は任せた！」

と大層気に入られ、結婚を許されたのである。

村田はそればかりか、当地に住むマヤの叔父や叔母たち——親戚中を隈なくまわって、

「彼女のことは必ず幸せにします」

と頭を下げたものだから、彼女の田舎ではすっかり男を上げ、皆の信頼を勝ちとるに至ったのだ。

そんな村田を、義父は「勝志」と呼び捨てにして、実の息子のように可愛いがり、マヤの弟妹たちも、「お義兄《にい》さん」と懐いた。親戚も皆、村田びいきとなった。

東京・麹町のマンションに新居を構え、二人の新婚生活はスタートした。

村田は赤坂に事務所を置き、あくまで渡世と家庭を別にし、自宅には部屋住みの若者も置かなかった。

彼女も夫につねづね、

「あなた、家庭では普通のサラリーマンと同じですよ。外の稼業のことは家に持ちこまないでくださ

いね」

　と伝えていたのだった。

「うん、オレも最初からおまえと同じ考えだよ」

　と村田も応え、それをちゃんと実践していた。

　村田は渡世のほうでも、順調に階段を上がって売り出し中の身、親分である住吉連合小林会会長・小林楠扶の信頼も厚かった。

　家庭生活においても、村田はきちんと稼ぎを家に入れ、夫婦仲も円満で、何もかもうまくいっていた。……その筈であった。

　だが、間もなくして破綻が訪れる。夫婦間に最初に亀裂が生じだしたのは、3年目に入ってすぐのことである。

　原因は一も二もなく村田の悪い女癖——浮気が発覚したからだった。

　その女好きはインドネシアのスカルノ元大統領には及ばずとも、村田にとって宿痾《しゅくあ》ともいえる性格のもので、晩年まで治らなかった。24歳から31歳までの最も若い盛りを、塀の中で過ごした反動もあったかもしれない。

　マヤは、夫が他の若い女と深く情を交わしているのを、ひょんなことから知ってしまったのだ。

　村田に惚れきっていた彼女は、深く傷ついた。すでにお腹には、村田の子を宿していた。

　彼女は悩んだ。友人に相談しても、

「男はみんなそうなの。どんなに妻を愛していても、他の女に目が行ってしまう。一種の病気みたいなものね。始末が悪い動物なのよ。所詮、浮気なんだからさぁ……あなた、許してやれないの？」

との答えで、誰もが似たようなことを言うのだった。

だが、マヤには、男の生理だか性《さが》だか知らないけれど、そんなものはとんと理解できず、到底許す気にもなれなかった。

のちに、マヤはこのことを思い出すたび、

〈ああ、本当にそうだったなぁ。私は若かった。村田だけじゃない。男ってそういうもんなんだ。女房は女房、遊びは遊びで別なんだなぁ〉

とわかるようになるのだが、その時分は、東北の田舎から出てきていまだ世間もろくに知らない二十四、五の娘、彼女は依怙地になったのだ。

もう別れるしかないと決意し、いったん決断すると、もはや些《いささ》かも揺るがなかった。

「何よ、わざわざうちの田舎にまで来て、私の親に頭を下げ、親戚一同にも、『必ず幸せにします』ってタンカを切ったくせに、あれはみんな、嘘だったって言うの?!　どうか、もう別れてください。私はここを出ていきます。もう戻りません」

マヤは村田にはっきりと宣したのだった。

これにあわてたのは、村田である。大抵のことには動じないはずの男が、あたふたしだし、

「待てよ、おまえ、何言ってるんだ？　こんなことでオレと別れると言うのか？　……わかった。オ

レが悪かった。もう二度と浮気なんかしない。絶対に女は作らない」

平身抵頭して、女房に詫びた。

「いいえ、何が『こんなこと』ですか。二度としないって、あなたは何度もやる人です。私はもう決めました」

マヤはきっぱりと言い、そのまま村田と暮らしたマンションを飛び出した。一度も振り返らなかった。さすがに村田も追ってはこなかった。

自分で選んだ道なのに、彼女にすれば生木を裂かれるようにつらかったのは、村田に惚れ抜いていたからだった。

荷物をまとめて戻ってきた娘を見て、怒りの声をあげたのは、田舎の父だった。それは村田に対してのものではなく、娘への怒りであった。

「帰れ！　バカもん！　何ひとつお金に不自由しない暮らしをさせてもらって、何が不服だ?!　浮気は男の甲斐性ってもんだ。甲斐性ある男が、女の一人や二人、作るのは当たり前だ」

どこまでも村田びいきなのだった。

「嫌です。私はもう村田のところには帰りません」

娘も頑固だった。

4

マヤは別れて間もなくして、村田の子である娘の光を生んだ。

昭和49年10月9日の誕生であった。

村田にとっても、35歳にして初めてできた子で、嬉しくてたまらず、仲間と祝杯をあげ、喜びをあらわにした。

あれほどスッたモンだして別れたはずなのに、村田とマヤの間は、しばらく離れて暮らしているうちに、むしろ夫婦であったときより良好な関係になっていたのは、不思議というしかなかった。

籍も抜き、東京と田舎で別々の人生を送る元夫婦が、かえって仲良く行き来するような間柄になっていたのだ。

むろん互いの立場を考慮したきれいな関係であった。そんなけじめをきちんとつけられる男が、村田だった。

娘の光が、実の父親である村田に初めて引きあわされたのは、母の故郷の仙台で幼稚園に通っていたときのこと。

幼稚園に迎えに来て、いきなり目の前に現われた男を見て、光はキョトンとなった。

「オジさんは誰？」

「光のお父さんだよ。君のパパさ」

村田はニコニコしていた。

「パパ……？」

「うん、そう。何か欲しいものはないかい」

光は少し考えたあとで、

「ピアノが欲しい」

とねだると、ニコニコオジさんが、

「よし、じゃあ行こう」

と光を車に乗せて連れて行った先は、デパートのオモチャ売り場で、

「ほら、光はこれが欲しいんだろ」

と買ってくれたのは、キティちゃんのオモチャのピアノだった。

「これじゃないの。光は大きなピアノが欲しい」

駄々をこねる娘を見て、村田は、

「ああ、ご免ご免。こりゃ、うっかりしてた。光が欲しかったのは本物のピアノだったんだな」

言うが早いか、村田はデパートの楽器売り場に直行、娘のために本物の大きなピアノを購入するのだった。

娘には万事、大甘の父親であった。それからしょっちゅう会うようになって、村田は娘を溺愛し、

彼女が何をやっても叱らず、欲しいと言えば何でも買い与えて甘やかすものだから、元妻から、

「いい加減にしてちょうだい。光のためにならないでしょ」

と怒られるのが常だった。

正月になって、父子一緒に凧揚げをやったときのこと。凧が天高く揚がり過ぎて、凧糸を失くしてしまったことがあった。村田は小さい娘に、

「よし、近所のスーパーで凧糸を買ってきな」

と言って、ポーンと財布を渡した。

それを持って、光がスーパーに行ったところ、店の者は仰天した。何せ、まだ年端も行かない子どもが、ぶ厚い札束で膨らんだ財布を手にしているのだから。

さっそく店から、光の母親へと通報が入った。

「お宅の娘さん、とんでもない大金持って買い物に来たけど、強盗やひったくりにあったらどうすんの？」

１００万円ほど入ったワニ革の財布であったという。

光は小学校へ上がるころには、春休みや夏休みとなれば、東京の村田の家で過ごすようになって、ますます父子の接触する機会が増えていった。

娘から見た父親は、チャキチャキの江戸っ子で豪気、昔気質のヤクザそのもので（これはあとで知ることになったのだが）、宵越しの銭は持たないとばかりに、金の使いっぷりも半端ではなかった。

たとえば、父との旅行先の土産物屋で、アクセサリーを選ぶのに迷っていると、そこに置いてある物を全部買ってくれるような人だった。

東京ディズニーランドに連れて行ってもらったときには、どのアトラクションでも1時間待ち、2時間待ちが普通なのに、光だけはまったく行列に並ぶ必要がなかった。村田の若い衆たちが先まわりして、あらゆる行列に並んでくれているからだった。

子ども心に不思議に思っていたことが、のちに村田がヤクザと知ったとき、すべて腑に落ちるのだが、これほど娘に甘い父親もなかったろう。

一方で、光は3歳のときからモダンバレエ、ピアノ、公文式、茶道を習わされ、小学校はお嬢様学校として知られる白百合学園に入学、一年生のときから英語の授業を受け、家庭教師までついた。

すべて村田の意向による英才教育だった。村田は娘が遊びに来ると、一緒に外食し、小さい彼女に、ナイフとフォークの使いかたやテーブルマナーまで教えこんだ。

どこに出しても恥ずかしくない女性にしたいとの親心であったが、これがかえって裏目に出た。どうやら彼女には、父親譲りの奔放無頼な血筋のほうが勝っていたようだ。

習いごとやお勉強、つねにお行儀よい振る舞いを求められ、夜7時には寝なければならない日々……。そんな生活が息苦しくてたまらず、小学六年生のころにはすっかり嫌気がさしていた。

彼女は小学校の卒業式を終えると同時に家出を決行、一人で東京に出たが、父には頼らなかった。六本木の安い汚いラブホテルに投宿し、誰にも連絡せず居続けた。

貯めたお年玉が３００万円にも膨らみ、それを全額おろしていたから、金には困らなかった。

結局、十日ほどして宮城の実家に戻ったのは、いい加減に飽きてきたのと、捜索願いを出されているのを知って、さすがに怖くなったからだった。何よりも母が怖かった。

恐る恐る帰宅した彼女に、さぞや嵐のような叱責が待っているものと覚悟していた母の反応はさほどでもなかった。それは意外であったが、逆にそのほうが光にとって、胸にグッと応えた。

「ご免なさい。もう二度としません」

神妙に謝ると、

「やっぱり白百合はあんたにはあわなかったんだね。もう普通の中学にしようね」

母はやさしく言うのだった。いままでのお譲様学校やお稽古ごとが、知らず知らずのうちに娘にどれだけストレスを与えていたか、母は見抜いていたのだ。

かくて地元の公立中学校に進むことになるのだが、それがまた、彼女には悪く作用してしまう。

同級生は誰もが英語の授業は初めて。ＡＢＣから始めることになるのだが、彼女にすれば、小学一年生から習ってきていることで、バカバカしくて仕方なかった。

なんてみんなは遅れているんだろ。彼女はみんなの先を行っているんだと勘違いし、学校をサボり、街に繰り出すことが多くなった。おのずと悪い仲間ができ、悪い遊びを覚えるようになって、不良の道にハマっていくのだった。

家出体験が何か大きく彼女を変え、吹っ切れさせたのかもしれない。

スケバン紛いの喧嘩を覚えたのも、このころだった。中学生ですでに身長は170センチあって、腕と度胸も男勝り、一対一の勝負なら誰にも負けたことはなかった。

ただし、女が相手のときには、高校生か年上の不良《ワル》としかやりあわなかった。

が、ある日、いきなり胸倉を摑んできたスケバン高校生がいて、その手を振り払ったところ、相手が吹っ飛んで伸びてしまったことがあった。

これには野次馬たちが驚愕し、何より本人が一番びっくりした。それ以来、光に一対一の勝負を挑んでくる者はいなくなった。

「光ちゃん、応援に来て。ちょいと相手の人数が多いんだ」

友人から喧嘩の集団戦の助っ人に狩りだされ、決闘場所の公園に駆けつけたこともあった。

「え？　何よ、これ。分が悪すぎじゃん」

こっちは5人なのに、相手側はどう見ても三倍の人数がいた。

「おら、おらあ！　おまえ、何だよ！」

あとからやってきた光に、飛びかかってきたツッパリ娘がいた。

光が軽く躱して顔面パンチを入れると、相手は「ギャアーッ」と大仰な悲鳴をあげて倒れ、地面でのたうちまわった。

「えっ？」

本気も出していないのに、驚いたのは、光のほうだった。まわりの者たちも、唖然としている。

〈――なぜだろう……？〉

女の子のくせに、喧嘩となると、こんなにも血が騒ぎ、俄然強くなるのはなぜなのか。

光は自分でも不思議でならなかった。

そんな光の行状、いよいよ素行が悪くなる娘の行く末を、心から心配したのは母のマヤだった。

「もう私では手に負えない。こうなったら、埼玉の姉のもとに預けて面倒見てもらうしかない。環境を変えれば良くなるかも……」

と埼玉・草加の姉に預けることにしたのは、光が中学一年生の二学期を迎えた秋だった。

こうして彼女は仙台から草加の中学へ転校したのだが、それはかえって逆効果、光のヤンチャぶりになお一層拍車をかける結果となったのだ。

5

真夜中、新宿歌舞伎町から父の住む麻布十番に逃げこんで、本人から初めてヤクザと知らされたとき、光はショックを受ける一方で、少し落ち着くと、

〈ああ、やっぱりそうだったんだ……〉

合点がいく気持ちも強かった。思いあたることが少なからずあったからだ。春休みや夏休みに父と一緒に過ごした子どものころの数々の思い出……。

あれは幼稚園の時分のことだったろうか。父に連れられ、軽井沢の別荘に遊びに行ったときのことだ。何かの折、光は村田から、

「あれ、哲はどこだ？　光、哲のオジちゃん、呼んできてくれ」

と言われ、哲という男を呼びに行ったことがあった。彼女も知っている村田の側近だった。

隣りの戸が開いていた部屋に入った光は思わず息を呑んだ。

哲はちょうど着替えの最中で、上半身裸になっているところだった。

その躰は、びっちり隙間もないほどの彫り物で埋めつくされていた。どんぶりと呼ばれる刺青であった。

彼女にすれば、お化けとしか思えなかった。怖くてたまらず、「ビェーン！」と泣きだしてしまった。

光に気づいた哲が、あわててポロシャツを着ると、

「あ、お嬢ちゃん、ご免、ご免。びっくりさせちゃったね」

いつもと変わらぬやさしい哲オジちゃんの声が聞こえてくるのを、不思議に思いながらも、彼女はなかなか泣き止まなかった。

小学生のころの話で、光が忘れられないのは、やはり麻布十番の村田の自宅マンションでのこと。彼女が小学二年か三年生ぐらいのときだった。

テレビでは石原裕次郎や渡哲也の「西部警察」というアクション刑事ドラマが流行っていた。拳銃でバンバン撃ちあうシーンを、幼い彼女も喜んで見ていた。

ある日、村田のマンションのリビングで遊んでいた光の目が、フッとダッシュボードの上で止まった。そこに無造作に置かれている品物に、彼女の眼は輝いた。

〈テレビでやってるヤツだ！〉

三丁の拳銃であった。

そのうちの一丁を手にした彼女、黙って村田のほうに近づいていった。

ソファーに座ってテレビを見ている父に、彼女はその拳銃を向け、

「手を上げろ！」

と、可愛い声で叫んだ。

「うん？」

娘の声に、なにげなく振り返った村田は、ギョッとなった。

「おい、バカ、やめろ！」

娘がどこから持ち出した拳銃であるか、とっさに理解したからだ。

どこに保管するか思案して、とりあえず置いていた、紛うかたなき本物の拳銃であった。

「――光、それはダメ。パパに貸しなさい。あっ、動かしちゃダメ」

村田がいつもと違って、あわてふためいている様子なのが、光には面白かった。

「パパ、手を上げろ」

再び娘から無邪気に迫られ、

「わかった、わかった。いいか、撃っちゃダメだぞ。そのままにして……」

村田は両手を上げながら、娘を必死に宥《なだ》めた。そのうえで、

「おーい、マチ子、来てくれ！」

と大声で連れあいを呼んだ。このころ、村田は9歳下のマチ子という女性と再婚し、所帯を持っていたのだ。

マチ子夫人は駆けつけてくるなり、その場の状況を覚って、

「ああ、光ちゃん、ほら、パパはもう手を上げて降参してるじゃない。さあ、オバちゃんにピストル貸して」

光に掌を向けると、少女は素直に「うん」と頷いた。二人は仲良しだった。

拳銃は無事マチ子の手に渡って事無きを得たのだ。

次いで、マチ子は凄い見幕で夫を叱りだした。

「あなた！　何やってるんですか！」

「……何って、おまえ、光が……」

「お父ちゃんがこんなところに出しっ放しにしてるのが、いけないんでしょ」

「……」

村田は何も言えず、シュンと悄気《しょげ》ている。

思い出すだに、光はおかしかった。

てっきりオモチャと思って、まだ小さかった私が何も知らずに手にした拳銃、あれは正真正銘、本物の拳銃であったのだ。

カタギの家であるならば、どうしてそんな事態が生じ得ようか。ヤクザであればこそ起きた珍事だった。

そうは言っても、幼い子どもに気がつけというのは土台無理な話で、まして村田は、彼の世代のヤクザでは珍しく、その身体には一切刺青が入っておらず、手の指も全部揃っていた。

村田の兄貴分小林楠扶の親分にあたる銀座警察の祖・高橋輝男が、刺青や指詰めを嫌って、子分に絶対やらせないボスだったことにもよる。

それ以上に、村田が不良少年時代に体験した影響が大きかった。その時分、村田も精一杯突っ張って生きていたので、街を歩いていれば、おのずと喧嘩を売ってくる手合いが少なくなかった。

あるとき、そうした年上のヤクザがいて、

「てめえ、こらあ、勝負するか！　オレは般若丸ってもんだ！」

と吼《ほ》えたと思いきや、いきなり双肌《もろはだ》を脱いだ。なるほど、背中に見事な般若の刺青が彫られ、胸や腕、肩にもびっしり墨が入っていた。

「ほう、こりゃ凄《すげ》えな！」

村田少年もつい感心して見入っていると、

「さあ、小僧、かかって来い！」

得意げに鼻をピクツかせた。

「よし！」

村田が躍りかかると、勝負は呆気なくついた。口ほどのこともなく、般若丸は村田によって完膚なきまでに叩きのめされた。

「……ま、待ってくれ。オレが悪かった」

終いには詫びる始末で、村田は呆れるばかりだった。

〈いったい何なんだ、こいつは？　こんな立派な刺青を背負ってる男が……〉

それ以来、刺青嫌悪症になってしまったのだ。その男のことを考えると、とても刺青など彫ろうという気さえなくなるのだった。

だから、娘の光も、刺青も断指もしていないパパ、いつもビシッとスーツ姿で決めている父親に対し、中学生になるまで――本人から打ち明けられるまで、よもやヤクザとは思ってもみなかったのだ。

が、それと知ってからというもの、彼女の素行は一段と悪くなったのも確かだった。

娘のヤンチャを治そうと、転地療法のつもりで姉を頼り、草加の中学校に転校させたのに、余計ひどくなる一方とあって、母の目論見はすっかり外れた。

「やっぱり血筋なのかねぇ……」

と溜息をついた。再び娘を実家に戻すしかなく、光は半年足らずで仙台に帰ってきた。

地元の中学に復帰した光は、前にも増してヤンチャ道を突っ走り、恐いもの知らずであった。

父から告げられ、初めて「力道山事件」や父がヤクザであると知ったショックが尾を引いたまま、彼女はあたかもその言いようのないいらだちを何かにぶつけるかのように、無軌道な方向に向かった。売られた喧嘩はすべて買ったばかりか、ワルさにも拍車がかかって、シンナーや暴力行為、カジノのイカサマ……等々、売春や盗み以外は大概のワルさをやってのけた。

結果、公共物破損、傷害、劇物取締法違反（シンナー吸引）等によって、都合三度の少年鑑別所入りを余儀なくされたのだった。

6

光は小さいころから押しつけられた英才教育への反発から、勉強こそしなかったが、喧嘩、遊び、恋にと思いきり青春を謳歌した。

女の子のくせに、喧嘩となると血が騒ぐのだから、我ながら呆れるばかりだった。対戦相手に不自由しなかったのは、なにしろ彼女は目立つ存在だったから、すぐに目をつけられた。

ツッパリネエちゃんや女暴走族のレディースたちから、

「生意気だ！　顔貸せ」

と呼び出されるのだ。喧嘩は滅法強く、相手が少々多かろうと勝ってしまうのは、父親のＤＮＡとしか言いようがなかった。

娘に甘すぎる父から、初めて怒られたのは、新宿歌舞伎町でチンピラにカラまれたときだけで、その後もめったに怒られたためしがなかった。

その父が娘に対して珍しく激怒したのは、彼女が16歳のときだった。中学を卒業後、間もなくして、彼女が大恋愛の末に妊娠したと知ったときのことである。

「バカヤロー！　おまえ、いくつだと思ってるんだ?!　まだ16の子どもじゃねえか。いくらなんでも早すぎるだろ。子どもが子どもを産むって法があるか！」

娘から妊娠した事実を打ち明けられると、村田は烈火の如く怒って、娘を面罵した。

「好きな人の子を身籠もったのが、いけないって言うの！　私は産みます。パパが何と言おうと、好きな人の子を産みたいんです」

「ダメだ！　それだけはダメだ。親の権限にかけても、それは絶対に許さないから」

「じゃあ、おろせって言うの?!　そんなら、パパ、ナイフで私のお腹ごと突き刺して頂戴！」

「何てこと言ってるんだ、おまえは！」

「殺すんだから、同じことでしょ！　私が好きになった人の子なのよ。絶対に守ってみせるから！」

光が恋した相手は、3歳年上の19歳、仙台の「マハラジャ」というディスコのディスクジョッキー（DJ）であった。

世はあげてバブル経済真っ盛り、そんな時代を象徴するディスコとして評判を呼んだ東京・港区の「マハラジャ」。同様にボディコン姿の女の子たちが舞い踊る、名前も同じディスコが仙台にも存在し、やはり若者の人気を集めていた。

光も、そのマハラジャへ通いつめているうちに、ＤＪの彼と激しい恋に陥ってしまったのだ。

ただ、いかんせん、結婚となると、二人ともまだ若かった。まして子を持つ親になるとあっては、互いに成人にも達していない年齢のカップルとなれば、村田が懸念するのも無理なかったと言える。

だが、彼女はどれほど親に反対されようと、

「絶対に産みます」

と譲らず、自分の主張を押し通した。

最後までその意志を貫いて、無事に娘を出産したとき、とうとう父も折れ、二人の結婚を許さざるを得なかった。

光は、ＤＪの夫とともに、生後間もない娘を連れて、東京・麻布十番の村田の自宅を訪れた。

夫にすれば、初めての義父への挨拶であり初対面であった。義父となる人がどのような人物であるか、妻から聞いていただけに、その緊張度は並大抵のものではなかった。不義理をしているとの自覚だけはあったからだ。

「いきなりぶっ飛ばされてもしょうがないな」

いつもの軽妙洒脱なＤＪぶりとは大違いで、夫は村田と会う前から顔をひきつらせていた。

「心配いらないよ。パパは大丈夫。なんとでもなる人だから」

とは応えたものの、彼女も正直、一沫の不安はあった。なにしろ、当初の怒りようは半端ではなかっ

たのだから。

が、夫と初めて顔をあわせたときの村田の反応は、とんだ予想外であった。それは見ものだった。

彼女も思わず内心で、

〈えっ？　どうなってんの、これ?!〉

驚きの声をあげていた。

夫が挨拶するより先に、村田は頭を下げ、

「ふつつかな娘ですが、なにとぞよろしくお願い申しあげます」

作法にかなった口上を述べたから、義理の息子となる男も、

「……あ、い、いえ、こちらこそ、よ、よろしくお願い致します」

恐縮し、しどろもどろになって挨拶した。

殴られるどころか、村田からは、

「なかなかいい男じゃないか」

と気に入られた様子で、十代の新婚夫婦はともども胸をなでおろした。

村田にとって初孫となる二人の赤ん坊も連れてきていたから、よほど嬉しかったのだろう、

「よし、銀座へ行こう」

と、みんなで松坂屋へ繰り出すや、娘には指輪、その夫にはビデオカメラ、孫には雛人形まで買ってくれる有様で、すっかり上機嫌、エレベーターガールには、孫を指差して、

「どうかね、オレと似てないかな」

とおどけ、周囲を微笑ませるのだった。

そこには、心から娘の幸せを願う、どこにでもいる普通の父親の姿しかなかった。いやむしろ親バカと言ってもいいほど娘に甘く、その溺愛ぶりも一般家庭以上であったのが、村田だった。

だが、そうした父親の思いとは裏腹に、残念ながら彼女の結婚はうまくいかず、長くは続かなかった。

数年後に二人は離婚し、娘は彼女が引きとった。

それからしばらくは彼女の恋愛も沙汰止みとなり、シングルが続いた。

そんな彼女が、ひょんなことからプロレスラーとの交際が始まるのだが、結婚に失敗してだいぶ時間も経っていた。

それは思いもよらない縁だった。

彼女とは古いつきあいの仙台の事業家Nと一緒に食事をする機会があり、そのとき、Nがたまたま連れていたのが、彼であった。

「彼はハワイ人でね、プロレスラーなんだよ。といっても、まだ修業中、リングにあがっても前座ばっかりさ。リングネームは、マウナケア・モスマン（のちの太陽ケア）と言うんだ」

Nから紹介された光、

「えっ、プロレスラー?!」

頓狂な声をあげたものだから、モスマンが、怪訝な顔になった。

「プロレスラーがどうかしましたか」

モスマンに聞かれ、彼女は、

「いえ、何でもないです」

とごまかしたが、考えてみたら、プロレスや芸能関係のプロモーターでもあるNが、プロレスラーと交流があるのは当然のことだった。

光の事情を知るNが苦笑していると、

「プロレスが嫌いなんですか。みんな好き好きですから、それはしょうがないですね」

モスマンが笑顔を向けてくる。彼はハワイアンらしく陽気な若者だった。

「いいえ、そうじゃないんです。モスマンさんはどちらの団体に所属してるんですか」

「全日本プロレス。ミスターババのほうですね」

モスマンの答えに、

〈げっ、そっちかよ。モロじゃないか〉

光が胸の内で嘆声をあげ、いよいよ困ったような顔になった。

「――ん……？」

モスマンのほうも、相手の反応はわけがわからなかった。

このとき光は23歳、モスマンは21歳であった。

7

そのあと二人は何度か会う機会があって、数ヵ月経ったときのことだ。

二人で仙台の国分町のレストランで食事をしていると、モスマンが真面目な顔で、

「ねえ、光、僕とつきあってくれないかな」

と切りだした。

「それはダメ。ノーよ」

言下にきっぱりと拒否され、モスマンは目を丸くしている。

「え？　どうしてだい？　僕が嫌いなのか」

「あなたは好きよ。だけど、ダメなの。私とはつきあわないほうがいいよ」

「えっ、わからないな。好きなのにダメっていうのは。なぜだい？」

「あなたが全日本プロレスのレスラーだからよ。それはできないことなの」

「……？」

モスマンはいよいよわからないというふうに、両手を横に広げ、首を傾げた。外人特有のポーズで、疑問をあらわにした。

「ミステリーだね。そういえば、最初のときも、君は僕が全日のプロレスラーと知って、変な顔して

たよね」

「……」

「教えてくれ。なぜ？」

「……じゃあ、言うわ。実はね、私のパパが力道山をナイフで刺してるの、赤坂のナイトクラブで。私は力道山を刺した男の娘なの！」

「オー、マイゴッド！　ビッグニュース！　そりゃスゴいね。知らなかったよ。ヒカルのパパが、リキドーザン事件の主役だったなんて！」

モスマンは「ピュー」と口笛まで吹いた。いつもの陽気なハワイアンに戻っていた。

光はその反応にホッとしたものの、

「気にしないの？　私のこと、イヤにならない？　モスマン」

「ちっとも！　だって、君とは何も関係ないじゃないか。それにあの事件は、君のパパがリキドーザン先生を殺したんじゃない。医療ミスだったたって聞いてるよ」

「けど、そんな因縁の娘とつきあって、あなたに迷惑かけないの？　全日のほうは大丈夫なの？」

「ノー・プロブレムだよ。何も問題ないさ。そんなこと、何を気にする必要があるんだい？　それより、もっと面白い話があるんだ」

「えっ、何？」

「うちのハワイの叔父さんもプロレスラーだったたって、話したことはあったかな。その叔父さん、力道山とタッグを組んでたんだよ！」

「えっ、ホントに！　面白いね。凄い縁だわ」

「だろう！　だから、もともと君とは縁があったんだよ。ボクとつきあってくれるね」

「ええ、いいわ」

今度は光も、何らためらいなく応じたものだ。

二度目に会ったとき、試合会場まで送っていってあげたところ、彼は駐車場代として1万円をくれるのだ。いまだ練習生のようなもので、前座試合にたまに出る程度の身、貧乏な若者と知っていたから、光は、

〈可愛い！　こいつ、お金もないくせに、無理しちゃって、私のほうがよっぽどお金持ちなのに……〉

と、さらに好感を抱いたのだ。男気のあるヤツだな、と。

かくて二人の交際が始まって、光は全日本プロレスの地方巡業にもついていく仲となった。

いままで知らなかったプロレスの試合を、初めて生で観戦することになって、彼女はその迫力に圧倒されるとともに、血を滾《たぎ》らせずにはおけなかった。

彼女はモスマンによって、全日本プロレスのレスラーや関係者に引きまわされ、皆に可愛いがられるようになった。

さすがの光も、力道山の次男であるプロレスラー百田光雄に挨拶するときは、かつてないほど緊張

したが、百田は、

「ああ、よろしく。あなたのことはケア（マウナケア・モスマン）から聞いてますよ。ケアのこと頼む」

と、何らわだかまりなかった。

それが彼女には何よりも嬉しかった。

ちょうど同じころ、古くからの知りあいで、過激なパフォーマンスで知られる「電撃ネットワーク」の南部虎弾《とらた》から、

「ねえ、光ちゃん、これは前から思っていたことなんだけど、君、うちで女子プロレスラーやってみないか」

と声をかけられたのは、まったくの偶然だった。

プロレスやお笑いのイベントを中心にした「新宿プロレス」を主宰する南部は、光のことは十代のヤンチャ盛りのころから知っていて、喧嘩が無類に強いことも聞き及んでいたのだ。

「嫌です。私はやりません」

即答で拒む彼女に、

「えっ?!　何で？」

断られるとは考えてもいなかったらしく、南部は不思議がった。

そうか、南部さんには話していなかったんだ――と、彼女は気がついて、

「私の父親の名前は、村田勝志と言います。記憶にありませんか。昔、力道山というプロレスのカリ

スマを刺した男です。力道山を刺した男の娘が、プロレスをやるわけにはいきません」

きっぱり告げた。

「ええっ、何だって！　君はあの力道山を刺した男の娘さんだったたってかい?!　こいつはたまげたな！」

南部の驚きは半端ではなかった。昭和26年生まれの南部の世代なら、力道山は小学校時代のスーパーヒーロー、誰ひとり知らぬ者とてなく、ある意味で、石原裕次郎、美空ひばり、長嶋茂雄以上のビッグ・ネームであった。

「……嘘だろ！　本当の話かい？」

南部は、まだ信じられないという顔で、しげしげと光の顔を見つめている。

「私も中学のとき、初めてパパから告げられて知ったんです」

「ふーん、びっくりだな。そんならプロレスやれんというのも、仕方ないかな……」

と言いながら、南部の眼が抜け目なく光っているのに、光は気がつかなかった。

その数日後、南部から光に電話があって、

「光ちゃん、うちの新宿プロレス、ぜひ一度、見に来てよ。来月、渋谷の『アトム』っていうディスコでやるからさ」

という誘いだった。要は、チケットをつきあってくれという営業かと思った彼女、

「OK、行きます。友だちもいっぱい連れてきますから」

と請けあった。何も知らずにチケットの売りあげにまで協力しようとしていた光。

南部の「電撃ネットワーク」は、過激パフォーマンス集団として海外でも知られていた。そのしたたかな南部が、主宰者兼イベントプロデューサーをつとめる「新宿プロレス」で何を企んでいたのか、光には知るよしもなかった。

それは十日も経たない平成13年7月初めのことで、光は約束通り、大勢の仲間を引き連れて、新宿プロレスのイベント会場である東京・渋谷のディスコ「アトム」へと赴いた。

会場の中央にはリングが設営され、収容人員約１００人のアトムは大入り満員、客と熱気とで溢れんばかりだった。

お笑いのパフォーマンスに続いて、プロレスのイベント開始が告げられ、主宰者の南部虎弾が自らリングに上がって、口上を述べた。

マイクを握った南部の口から飛び出したのは、光が仰天するようなセリフであった。

「お待たせしました。今日のこの会場には特別ゲストが来ております。そして彼女は近々、女子総合格闘技の選手としてデビューします。

では、紹介しよう。日本プロレス界の父、あの戦後の国民的ヒーローといえば、我らが力道山、その力道山を刺した男の娘、〝篠原光〟だぁ～」

8

〈えっ？　えっ？　えっ？　何、これ？〉

光は何が何だかわからぬまま、無理やりリングに引きあげられていた。

「オーッ！」という観客のどよめきと歓声。

しょうがなく彼女も、リング中央に立って観客の声援に応えると、リングサイドからフラッシュが焚かれ、大勢のカメラマンがパチパチ写真を撮った。

写真週刊誌や実話誌が数社、取材に来ているという。どうやら仕掛人の南部と彼らの間で話はできており、まんまと彼女はハメられたようだった。

とはいえ、彼女にそれほど怒りがあったわけではなく、

「南部さん、何なの、これは？　話が違うじゃないですか」

軽く睨んで抗議すると、南部は少しも意に介さず、

「まあ、いいからいいから。光ちゃん、君が目指すのは女子プロレスじゃなくて、女子総合格闘技だ。これならどうだい？　むしろ、こっちだろ、君がやりたいのは」

と性懲りもなく言ってきた。

「えっ、総合格闘技？」

南部に言われて、光もハタと考えた。なんとなく思いあたるところがあった。

確かにプロレスはできないし、やろうとも思わないけど、総合格闘技となると、話はまた別だった。女だてらに、喧嘩となると、あれほど血が騒ぎ、相手をやっつけるのにも充実感を感じていた自分の喧嘩好きの性分は、むしろ総合格闘技向きといえるのではないか。

南部が言うように、プロレスはダメでも、格闘技ならできるんじゃないか。

光はだんだんそんな気になっていた。

〈あ、これはチャンスかもしれない。チャンスって、こっちから摑みにいくもんだけじゃない。向こうからやってくるもんもあるっていうじゃないか。これがそうなんじゃないか。与えられたチャンス。捕まえない手はないかも……よし、決めた！〉

肚を括ったのにあわせるようにして、南部が念を押してきた。

「どうだい、光ちゃん、やってみないか、格闘技……」

「ええ、いいですよ」

「よし、決まりだ。そうと決まれば、『〝力道山を刺した男の娘〟鮮烈デビュー！』って、大々的に売り出すからな」

そのキャッチフレーズばかりは、光も嫌だったけれど、興行戦略上、ぜがひでも必要と言われれば、彼女も諦めるしかなかった。

すぐにそんな肩書きが不要になるほど客を呼べる、無敵の格闘家になればいいだけのこと――と、光は己に誓ったのだった。

翌日、彼女は麻布の村田組事務所に出向いて、さっそく父親にそのことを相談すると、村田は、

「女子総合格闘技だって？　フーン、おまえがやりたければ、やればいいじゃないか。もう決めたんだろ」

と賛成してくれたが、「力道山を刺した男の娘」の謳い文句には、

「オレの名前を出したって、何もいいことはないと思うけどな」

と首を傾げた。村田は普段からよくテレビを見ていたので、電撃ネットワークの南部のことも知っていて、

「あいつの芸だかパフォーマンスだか、何だか知らないが、ありゃ狂ってるよ」

ときわめて常識人的な見方をしていた。

「ともかくやるからには、半端なことやるんじゃねえぞ」

村田のアドバイスはいつも決まっていた。

「うん、やるよ。なんてったって、私はパパと一緒で、喧嘩にはいまだ負けたことなし。百戦して百勝なんだから」

「……」

村田は苦笑いするばかりだった。

「パパの天敵とも当たると思うけど、みんな叩きのめすから大丈夫」

「オレの天敵って？」

「プロレスラーだよ」

「……バカか、おまえは」

村田は苦笑しつつも、嬉しそうだった。

だが、彼女にとっては、それは決して冗談ではなかった。女子総合格闘家になろうというのは、大袈裟に言えば、父の仇を討ちたいという気持ちがあった。

世間では父のことを、力道山を刺殺した犯人のように誤解している人が多かった。

真相はそうじゃないのだ。彼女もいろいろ調べてわかったのは、父が刺したことが直接的な死因ではなく、手術後の力道山の無謀な飲食という自撃者の証言もあるし、定説になっているのは、麻酔の打ち過ぎ、医療ミスによるもの――とは、医学専門誌にも明記されていることだった。

ナイトクラブでの喧嘩の原因にしたって、力道山のほうが先にイチャモンをつけてきたというではないか。

そこのところが決定的に誤解され、まるで一方的に父を、力道山殺しの極悪人みたいに決めつけている人が、なんと多いことか。

それが彼女には我慢ならなかった。

女子総合格闘家になって父の仇を討ちたいというのは、そんな世間のあらぬ誤解を解きたい、世間を見返してやりたいという、彼女の切実な思いがあった。

最強の女格闘家になって注目されれば、それも可能だろう——という気持ちが強かったのだ。娘に甘い父と、父を愛する娘——とで、結局二人は強い絆で結ばれた似た者父娘であったのかもしれない。

そうした光の思いを知らない恋人のマウナケア・モスマンだけは、光の格闘技界入りに対し、

「えっ、ヒカル、それはノーだよ。リングの上は、ストリートファイトとは違うんだから。そんな甘くないよ」

と最初は強く反対したが、彼女の決心が固いことを知って最後は折れ、むしろ積極的に基本技やテクニックを教えてくれるようになった。

光はいったんこうと決めたら一途で、実行に移すのも早かった。すぐに総合格闘技のジムに入門し、打撃と寝技の練習を始めた。

当初はスクワット20回で音《ね》をあげていたが、毎日4時間ぶっ通しのトレーニングをこなせるようになるまで、そう時間はかからなかった。

彼女が選んだのは打撃、関節技が有効で、限りなくバーリトゥード（ブラジル発祥の総合格闘技）に近い『SMACKGIRL（スマックガール）』という団体だった。

間もなくして、南部から光に連絡があった。

「光ちゃん、デビュー戦が決まったぞ。7月26日だ。相手は、現役女子プロレスラーの佐藤めぐみに決定した」

「――ちょ、ちょっと待ってくださいよ、南部さん、7月26日って、あと2週間しかないじゃないですか」

「そうだよ。それがどうかした？」

「いくら何でも早すぎますよ。私はまだ素人同然なんだから」

「いや、おまえさんならできるよ。実戦でさんざん鍛えてるんだから。そのままの喧嘩スタイルでOK。おまえさんなら、絶対勝てるさ」

「う〜ん、通用するかしら。私の喧嘩スタイル。モスマンには通用しないって言われたんだけど……」

「大丈夫。する、する。女は腕と度胸だよ。それよりデビュー戦の相手が、女子プロレスラーってんだから、驚きだな。これぞ因縁ってもんだ。やっぱり、光ちゃん、あんたは持ってるんだよ、そういうもんを」

「本当に不思議ですね……」

「どうだい、相手がプロレスラーと聞いて、俄然やる気が出てきたろ？」

「わかりますか、武者震いしてますよ」

「ハッハッハ、その意気だ」

9

その時分、光は東京・六本木の売れっ子キャバクラ嬢でもあった。

「グローブ」という大きな店で、キャバクラ嬢の在籍数は300人から400人、店には常時100人ほどの女の子が出ていた。

彼女たちのギャラは時給4500円にプラス指名料で、光はつねに指名上位に入る売れっ子キャバ嬢、店の稼ぎ頭であった。

彼女がプロの女子総合格闘技界入りを決断したとき、まず考えたのは、このキャバクラのアルバイトをどうしようかということだった。

最低でも1日4万円稼げるアルバイトというのは、確かに魅力的であった。

この食いぶちさえ確保しておけば、女子総合格闘技という危ない橋にも、渡れるか渡れないか、チャレンジできるというものだった。

仮に失敗しても、またここへ戻ってくればいい、以前通りこのキャバクラで働いていれば、食べるには困らないのだ。

だが、果たしてそれでいいのだろうか。

彼女はハタと思案した。ちゃんと逃げ道が用意された冒険やチャレンジなど、誰が冒険・チャレンジと呼ぶであろうか。

そんな甘い考えで、プロのリングがつとまるだろうか。いや、つとまるはずがあるまい。

よし、まず、そこを断ち切ろう。逃げ道を断って、格闘技一本でやっていこう。

光は決意した。

そのためにはどうしたらいいか。

そうだ。腕の目立つところに彫り物《タトゥー》を入れよう。そうすれば、もうキャバクラの勝負服であるドレスも着れなくなるではないか。

よし、そうしよう。

それが着れないとなれば、もうキャバクラ嬢はできない。キャバ嬢ともおさらばだ。

キャバクラから足を洗って、私は格闘技一本で勝負するのだ。

光の肚は決まった。

さて、では、どんな刺青《タトゥー》を入れようか——となったとき、彼女の脳裡にお気に入りのフレーズが浮かんできた。

ALL'S fair in love and war

恋と戦争は手段を選ばず——との意で、確かに彼女は、恋した男を押し倒したことはなかったものの、喧嘩となれば、多少は荒っぽいこともやってきた。

ただし、それは相手が大勢で来るとか、卑怯な手口を使ってくるときに限ってのことで、光はつねにたった一人の戦いだった。

オールズフェアーインラブアンドウォー。

このアメリカの格言を、彼女は、

「人生は恋と革命のためにあるんだよ」

という太宰治の小説の中にあったセリフに置き換えて覚えていた。


ALL'S fair in love and war
〈よし、私はこの文句を腕に彫りこもう。そして女子格闘技界に革命を起こしてやろう!〉

もはや彼女に、何らためらいはなかった。

決意するや、光はすぐに左の二の腕の一番目立つ箇所に、そのフレーズを彫った。

すでに同じ左腕の肩口に近いところには、〝ドリームキャッチャー〟のタトゥーが入っていた。

二十歳を少し過ぎたころ、舌のピアスとともに入れたものだった。

ドリームキャッチャーとは、アメリカインディアンのオジブワ族に伝わる手作りの装飾品で、輪っかに綱目を張って蜘蛛の巣状に見立てて、羽を下げた代物であった。

そこには悪夢を捕らえ防ぎ、良い夢だけをキャッチするという願いがこめられていた。日本でもアクセサリーとして流行りだしたころで、彼女も深い意味は考えず、オシャレ感覚で入れたタトゥーだった。

が、いまこそ意味を持つものに変わり、新たなタトゥーも完成し、光の左腕に燦然《さんぜん》と輝いた。

その絵柄を見遣りながら、彼女は新たな闘志をかきたてた。

〈私もドリームキャッチャーになってみせる。必ずやこの手で悪夢を追っ払い、素敵な夢を摑むんだ。母が違う私の弟や妹たちのためにも……〉

彼女にとって悪夢とは、世間からふた言目には「力道山を刺した男の娘」と、まるで呪われた言葉のように言われ続けてきたことを指した。

もうそんなことは誰にも言わせない。私が最強の女性格闘家になって、もろもろの悪夢すべてをきれいさっぱりとはねのけてみせる――光は、胸に誓っていた。

いわば、その決意表明としてのタトゥーであった。

だが、このタトゥー、光が村田組事務所に顔を出したとき、たまたま父に見つかってしまった。

「お、おまえ、いつから刺青入れてんだ」

村田は唖然とした様子だった。

「前から入れてるよ」

娘の返事に、村田は怒らなかったが、少しショックを受けたようだ。

「せっかく親からもらった大事な肌を、墨で汚すことないだろう」

「パパ、いまはオリンピックの選手だって、タトゥー入れてるんだよ。普通だよ、こんなの」

「おまえ、そう言ったってな……」

村田は何か言おうとして口を噤《つぐ》み、寂しそうな顔になった。

そんな父の顔を見るのは、光には、怒られる以上に胸に堪えた。

なおのこと、もう引き返すことはできない、とことん格闘技で勝負するしかないな——と、光は改めて思うのだった。

そうは言っても、デビュー戦まであといくらも残っていなかった。口では大層強がりを言っても、その実、素人がぶっつけ本番同然で、果たしてどこまでやれるか、不安は隠せなかった。

そして、ついにその日が来た——。

会場はかつて東京・有明にあった格闘技専用ホール「ディファ有明」。平成13年7月26日午後1時、500人近い観客を前にして、光はリングに立った。

すでに南部虎弾による売り出し戦略で、

「力道山を刺した男の娘」、「奇しくも父が事件を起こしたときと同じ24歳でリングデビュー」

などというキャッチフレーズでマスコミにとりあげられるなど、演出もなされて前評判も高く、彼女目当ての客も押し寄せていた。

さすがの光も、リングに上がる直前まで緊張してしまい、父に電話して不安を訴えたところ、村田

から、

「こらあっ、てめえ、ビビッてんじゃねえ！　おまえは誰の娘だと思ってるんだ！」

と凄い見幕で発破をかけられた。

「カーン！」

試合開始のゴングが鳴った。

「よっしゃあ！」

自分に気合いを入れて、光は突進していく。

まずは顔面パンチを浴びせながら突っこんで、敵の腹に膝蹴りを入れる。

相手がうずくまったところを、背中にエルボードロップ。

まるっきり、かつての喧嘩のやりかたと同じだった。基本技もガードもあったものではなかった。

長い間封印していたつもりでも、躰が自然に覚えていた昔の喧嘩殺法。

殴り、蹴って、肘打ちを落とす。そしてヘッドロック。相手の頭を右腕で摑んで、強引に締めあげ、終いには力任せに捻じ曲げる。

何もかも十年ぶりぐらいだった。戦っている間中、光は血が滾ってワクワクして堪らなかった。

光の一方的な攻撃が続いて、アッという間に勝負はついた。1ラウンド3分KO勝ち。

光はデビュー戦を見事に勝利で飾ったのだった。

10

大槻マチ子が、銀座のナイトクラブ「花」のスカウトマンから誘いの声をかけられたのは、母と一緒に銀座のブティックで買い物をしているときのことだった。

前年の昭和43年に、小月リエの芸名でポップス系の歌手デビューを果たしたばかり、二十歳の彼女が、目の肥えた銀座のスカウトマンにも輝いて見えたのだろう。

確かに彼女は流行のミニスカート・ショートカットでスタイルも良く、道行く男たちを振り返らせずにはおかないような美貌の持ち主であった。

が、一人前の歌手になることしか頭になかった彼女、そのスカウトにはとまどうばかりで、

「ご免なさい、私にはできません」

と断るしかなかった。銀座のホステスというのも、考えたこともなかったからだ。

それでもスカウトマンは諦めなかった。彼女の自宅や事務所に執拗に電話をかけてきて、口説いた。

終いには彼女のほうが根負けして、

「一度、店に来てください」

との誘いに応じ、「花」に出向いていた。

地下にあるゴージャスな店には、ピアノが置かれ、毎日生バンドも入るという。

「ホステスさんとしてではなく、週に2回か3回、ここで歌ってくれませんか」

「花」のマネージャーの言に、マチ子も初めて心が動いた。それなら歌の勉強もできるし、いいアルバイトにもなるだろう、と。

こうしてマチ子は歌手として「花」のステージに立つことになったのだが、そのうちに客席に呼ばれるようになり、テーブル席にも就くことが多くなった。

当時、「花」は銀座でも有名な店で、客層もハイレベル、政財界や各界のビッグネームが集うクラブとして知られていた。

そんな一流どころに彼女は可愛いがられ、彼らに指名されて同席する機会が増えていった。歌手としてよりホステスとして求められるようになったのだ。

そうなると、彼女も、歌手が本職なのにどうしたものか、と思い悩み始めた。

やがてふんぎりがついたのは、同期の黛ジュンやピンキーとキラーズが破竹の勢いで売れていくのに比して、自分のほうはいつまでもパッとしないのだからと諦めもついたからだった。

歌手を辞めてホステスに専念すると決めたときには、彼女は「花」のナンバーワンの売れっ子ホステスになっていた。

彼女はそのまま大企業の社長連中、銀幕の大スター、任侠人のトップクラスらに贔屓にされ、可愛いがられ、ずっとナンバーワンの座を確保し続けた。

4年ほど経ったとき、念願の独立を果たし、銀座に自分の店を持つに至った。自分の大槻の姓をそのまま店名にしたのだった。

昭和47年、マチ子が24歳のとき、クラブ「大槻」はオープンした。

村田勝志が店に現われたのは、そんな時期だった。

小林会幹部が村田を店に連れてきて、

「ママ、僕の兄貴だから、大事にしてよ」

と紹介してくれたのだ。

村田は「力道山事件」の懲役7年の服役を終え、前年出所してきたばかりだった。

むろんマチ子には、そんなことは知るよしもなく、その村田の舎弟である小林会幹部から、

「村田の兄貴は、力道山を刺して……」

と教えられて初めて知ったのである。

彼女は内心で〈えっ〉と驚き、顔も見るからに怖いなと思ったが、案に相違して、村田は大人しかった。

少し話をしてわかったのは、歳はマチ子より九歳も年上なのに、話しぶりもぎこちなく何か照れているようなところがあった。

〈えっ、力道山を刺したっていうヤクザ屋さんが、恥ずかしがり屋？〉

彼女には、そのギャップがおかしかった。

村田はそれからはほとんど毎日のように店に顔を出すようになった。大概は一人で来店することが多かった。

ママのマチ子はあまり村田の相手ができず、他の若いホステスが応対することになった。もとより村田のほうも、マチ子ではなく、別のホステス目当ての来店であるようだった。

村田はそのうちに最初の妻となるマヤと結婚し、マチ子のほうも別の男性と恋愛中の身であった。二人の間には何もなく、単なるクラブのママと常連客という関係は、四、五年ほど続いたであろうか。

村田の最初の結婚生活はわずか3年ほどで破綻し、昭和49年10月9日、長女の光が誕生したときには、すでに離婚が成立していた。

村田はそれからずっと独り身で、銀座のクラブ通いを続けていた。「大槻」はあくまで行きつけの店のひとつに過ぎなかったが、昭和52年ごろからマチ子との間がグッと近くなった。

マチ子の恋愛が終わろうとしていたからで、村田は彼女の恋人のことも以前から知っていて、相談相手になってあげていた。

その恋人は大企業の御曹子で、「大槻」の常連客でもあったから、村田とも常連同士で馴染みとなり、話をしたこともあったのだ。

御曹子は妻子持ちで、マチ子はいわゆる不倫の恋をしていたのだった。

村田はマチ子に、

「そりゃあ、いい加減なつきあいじゃないっていうのはわかるし、いい人だとは思うけど、何にしたって結婚できないんだから、いつまでつきあっていてもしょうがないだろ」

と言って諭した。言外には、だから、オレとつきあってくれよというニュアンスがありありで、マチ子から見ても、村田は実にわかりやすい男だった。

マチ子にとって、村田は店をオープンしたときからの常連客で、こんなにいい客もいなかった。静かで品のいいきれいな酒で、乱れることもなく、女の子との同伴も引き受けてくれるし、金払いも良かった。

恋愛対象として考えたことさえなかったはずなのに、不倫の相手と別れてからは、ただの得意客としてではなく、マチ子は村田を初めて男として意識するようになったのだ。

ともかく村田は、稀に見るようなやさしさとマメさの持ち主であった。マチ子の欲しいものは何でも買ってくれるし、痒いところに手が届くようなマメさで何かと気を遣ってくれるのだ。

それも女を手に入れるための男の常套手段を行使しているのではなく、彼の〝地〟であることは、つきあってみて、すぐにわかったことだった。

女をゲットするや、釣った魚に餌をやらないとばかりに態度が豹変してしまう男がいるけれど、村田にはそれがなかった。

マチ子が村田から、

「ママ、結婚しようよ」

と求婚されるのは、個人的につきあい出してまだ3ヵ月も経っていない時分だった。

「私でいいんですか」

「もちろんだよ。一緒になってくれ」

「はい、わかりました」

昭和52年、村田が38歳、マチ子が29歳のときで、結婚を機に「大槻」を閉めたのは、村田の強い意向があってのことだった。

店は盛況であっただけに、マチ子も辞めるのに忍びなかったが、「辞めてくれ」という村田の意志は固かったのだ。

「花」時代から彼女を贔屓にし、可愛いがった経済人、あるいは大物芸能人や任侠人は一様にその引退を惜しんだが、村田の敬愛する小林会の兄貴分・直井二郎も、そんな一人だった。

二人の結婚を知った直井は、村田を呼び出すや、

「いいか、村田、おまえ、マチ子にひどいことしたら、オレが許さないからな。大事にしろよ」

と念を押したものだった。

11

二人は南麻布1丁目のマンション10階に新居を構えて――結婚生活が始まった。

村田は渡世バカというのか、自分の専門以外のことに関しては、あまりに知らなすぎることが多く、マチ子は、

〈えっ、ホントにこんなことも知らないの?!〉

とビックリしたものだが、それが彼女の眼には欠点とは映らず、むしろ男の可愛いさとして好ましく思うのだった。

家では完全にカカア天下で、マチ子のほうが実権を握っていた。

ゴルフや麻雀、スキーを教えたのもマチ子で、オシャレに関しても、スーツから着物、靴やフォーマルウェアまで、すべて彼女が指南役であった。

村田の向こう気の強さは、スキーでも発揮された。家族で長野のスキー場に行ったときのこと。初日、村田はリフトでてっぺんまで上がって行ったかと思うと、颯爽《さっそう》と下へ滑ったのはいいが、ほぼ最初からダルマのように転がり落ちていって、終いには脚を骨折してしまった。

あとで村田から、スキーは生まれて初めてと聞いて、マチ子は呆れ返った。

結婚して間もなくして、マチ子は村田との最初の子を身籠ったが、順調に育たず、妊娠9ヵ月にして死産となった。

母体のほうも危険な状態となり、彼女は一時期、生きるか死ぬかという重体に陥った。

その2週間の入院の間中、村田は一日も欠かさず病院に通い、

「頑張ってくれよ。オレは何もできなくてスマンなぁ」

と励まし続けた。

その間、病院近くの食堂で食事を済ますのだが、あれほど好きな酒を村田は一滴も口にしなかったという。妻の無事を祈って酒断ちして願かけしていたのだった。

死産した二人の子も、村田は懇ろに葬って、仏壇を作り、坊さんを呼んで供養したという。そうしたことをマチ子が知ったのは、退院したあとのことで、お付きの若い衆に聞いたからだった。村田は何も言わない男だった。

マチ子はジーンと来て、夫を見直さずにはいられなかった。

〈へえ、ホントに真面目な人なんだなぁ。確かにあの人にはそういうところがあるわ、誠実なところが……世の中には、女房の出産中に浮気するような男ばかりなのに……〉

二人の間に、結婚7年目（昭和59年）にしてようやく長男が誕生し、村田はことのほか喜び、前妻との長女・光同様、目に入れても痛くないほど可愛いがった。

村田は1週間に1回か2回、銀座の高級玩具店へ長男を連れて行き、息子は欲しがっていないのに、一番いいオモチャを買い与えた。

長男の誕生日には、六本木のマクドナルドを借りきって、入園した麻布の幼稚園の同級生全員を親子ともども招待するのだ。

これには他の園児の親が、

「村田さんのお父さんて何をなさってるかたなんですか？」

と不思議がった。村田はそのころ、ロールスロイスにも乗っていたからだが、長男は中学生になるまで父を、「不動産会社の社長」と信じて疑わなかった。

長男が父を初めてヤクザの親分と知ったのは、千葉・市川の中学校に入ってからのことだった。

中学生になって息子がひどくグレだし、もう自分の手に負えないとマチ子から聞いた村田が、長男を事務所に呼び出したのだ。

長男が市川から麻布の村田組事務所へ赴くと、村田は彼の前に、

「これを見ろ！」

とＤＶＤと２枚の名刺を置いた。

ＤＶＤは「力道山事件」を報じたドキュメンタリーで、パッケージの表紙には《力道山を刺した暴力団組員　村田勝志》との記述があり、２枚の名刺の１枚には、《住吉会住吉一家　小林会村田組組長》と刷られ、もう１枚のほうには、政治結社日本青年社の幹部役職に村田勝志の名が記されていた。

〈――えっ、親父が力道山を刺したヤクザ……？〉

長男が呆然としていると、村田は、

「わかったか、それがおまえの親父の実態だ。いいか、グレてもいいけど、おまえはそういう男の息子だってことを忘れるな。ハンパなことはするんじゃねえぞ！　母親を泣かすような真似はするなよ！」

いままで見せたこともないような厳しい顔で諭すのだった。

マチ子は十年ほどの結婚生活を経て村田と別れるや、千葉・市川の実家に戻って、生命保険のセールスレディとして働き、女手ひとつで長男を育ててきた。

マチ子は別れたあとも村田とは良好な関係を保ち、先妻のマヤや娘の光母子とも仲良くして家族ぐ

るみのつきあいを続けていたのだから、面白い関係であった。

村田とは決して憎くて嫌いになって別れたのではなかったからだが、長男も腹違いの姉の光同様、春休みや夏休みとなれば、父の村田とずっと一緒に過ごした。異母姉弟の二人はちょうど十歳違い、仲も良かった。

マチ子が村田と別れたのは、村田が三番目の妻となる女性と進行中の仲であったことも一因していた。

が、それが別れる大きな理由ではなかった。いずれにしろ、限界だったのだ。むしろ十年も保ったのが不思議なくらい——と、マチ子は思うのだが、村田に対して悪い印象は少しもなかった。

世間知らずで子どもみたいなところがあって、とても変わっていて、それでいて気が良くて憎めない愛すべき人だった。

マチ子の父も村田を気に入って、「勝《かっ》ちゃん」と呼んで可愛いがり、カタギの冠婚葬祭にもきちんと出る人間であったから、親戚の間でも受けがよかった。

あまりに物を知らない人なのに、反面、新しい物好き、珍しい物好きで、誰よりも早くショルダーフォンや自動車電話を導入し、ケータイやスマートフォンを手にしたのも早く、カメラやビデオもつねに最新式にこだわった。

万事、小さいものより大きいものを、少ないより多いほうがいいという考えの持ち主だった。

村田は動物が好きで、ありとあらゆる動物を飼い、マンションのひと部屋は動物部屋となった。犬、猫、サル、アライグマ、ワニ、海亀、ヘビ、オウム、九官鳥……事務所の水槽には熱帯魚や淡水魚の他に、ピラニア、フナ、ドジョウまで飼っていた。

ワニがベランダから落ちて近所を徘徊し大騒ぎになったこともあれば、アライグマが檻から脱走し、狸穴あたりをウロウロしているとのニュースが流れたこともあった。

マチ子から見ても、村田はユニークな人だった。本人は大真面目にやっているのに、何だかピントがズレているのがおかしくてたまらず、何年一緒に住んでも飽きなかったのだ。

長男の眼にも、

「親父はどう見ても、渥美清の寅さんそのもの」

としか映らず、コワモテで通っている世間のイメージとのギャップは、甚だ大きかった。

第四章
村田勝志、娘に号泣す

住吉会住吉一家・堀政夫五代目と村田

1

松本英二が初めて村田勝志と出会ったのは昭和54年秋、28歳のときであった。

東京・六本木の松本の事務所へ、村田が村田組代行の川上を伴って訪ねてきたのだ。村田は松本と干支が同じ卯年生まれ、ちょうどひとまわり上の40歳、住吉連合小林会幹部として脂の乗りきったバリバリの時分である。

が、ヤクザ渡世とは別の世界で生きてきた松本にすれば、「力道山を刺した男」村田の名こそ知ってはいても、彼に対し格別の思いはなかった。

村田が来訪したのは、松本が売ろうとしていたその事務所を見るためであったが、松本にすれば、良い条件で譲渡できさえすれば、相手は誰でもよかった。

村田との縁は、たまたま松本が代行の川上を知っていたことによる。

よもやこの村田との出会いが、その後の自分の人生を決定づけるものになろうとは、松本には想像さえできなかった。

この時分、松本は半年ほど前（昭和54年4月）に結成されたばかりの東京・渋谷の右翼団体・同雄会（若林信一会長）に参画し、右翼運動に挺身《ていしん》する身であった。

同雄会は先ごろ、米空母ミッドウェイ横須賀入港反対運動を行っていた社会党のデモ隊にジープで突入し、乱闘騒ぎとなり、８人が逮捕される事件を起こしていた。

　そのとき、ジープを運転していた同雄会隊員が松本であった。が、なぜか松本だけは身柄を拘束されず、後日の出頭を要請されて機動隊車から解放されていた。

　いずれ出頭し、長期拘留を免れないという状況のなかで、松本がハタと考えたのは、

〈六本木の事務所がカラになってしまうなぁ。留守番置くわけにもいかんし、どうしたもんかなあ。いっそ売ってしまおか……〉

　ということだった。松本が個人事務所として使っている六本木３丁目のマンションで、立地条件も悪くなかった。

　そんな折も折、まさにドンピシャのタイミングで、渡りに船のような話を松本に持ってきたのが、知りあいの村田組代行の川上であった。

　二人は神奈川・川崎で知りあい仲良くなったのだが、松本の住まいがある川崎に、銀座や麻布方面をホームグラウンドにする川上がたびたび来ていたのは、愛人がいたからだった。

　川崎の二人の行きつけの喫茶店で、川上が松本に、

「うちの兄貴が、この間、府中から出てきたんだけど、自分の事務所を探してるんだよ」

　と切り出したのだ。

「村田さんが……」

　川上の兄貴分である村田のことは、松本も彼から聞いてよく知っていた。

村田は「力道山事件」で7年の懲役刑をつとめて出所したあと、5年後の昭和51年、拳銃不法所持と覚醒剤取締法違反で懲役3年の刑を受け、再び服役し、つい先ごろ府中刑務所を出所してきたばかりだった。

「村田さんがどこに事務所を探してるの？　麻布あたり？」

松本が訊くと、

「いや、兄貴は六本木に借りたいって言ってるんだけどね。どこか、いいとこないかな？　松《まっ》ちゃんは顔が広いからさ」

「え?!」

あまりのタイミングの良さに、松本のほうがビックリした。

「どうした、あるのか」

「そりゃ、あるよ、オレのところが」

「えっ、松ちゃんのとこだって?!」

「うん、オレの使ってる事務所が六本木にあるんだけど、オレは近々警察に出頭しなきゃいけないんでね、もし、そこでよかったら、そのままそっくり譲るよ。村田さんが一度見に来てくれたらいいんだけど」

「へえ、そりゃ知らなかったな。松《まっ》ちゃんとは川崎《こっち》でしか会ったことないもんな。灯台もと暗しってヤツだな。わかった。兄貴に話してみるよ」

となったのだ。さっそく川上は村田に話し、村田も、

「一度見てみよう」

と乗り気になって、この日の訪問となったのだった。

場所は六本木3丁目のなだれ坂、当時の六本木プリンスホテルのすぐ側のマンション1階に、松本の事務所はあった。

村田は中に入って、部屋を見るなり、

「ああ、こりゃいいな。この場所で、この広さだったら、良しとしなきゃあ」

すぐに気に入ったようだった。

ソファ、テーブル、机等の応接セットが備えられ、ちゃんと事務所の形態をなしていた。几帳面な松本の性格を反映して、部屋もきれいに片づけられていた。

「まるで女の手が入っているみたいに整理整頓されてるな。女を雇ってるわけじゃないよな」

「いえ、入れてません。ずっと私が一人で使ってました」

「ふーん、きれいに使ってあるな。よし、気に入った。ここに決めたよ。事務所として使わせてもらおう。電話もこの応接セットもそっくりそのまま譲り受けていいんだな」

「ええ、結構です。このまま使ってもらえたらありがたいです」

「じゃあ、買うよ」

「ありがとうございます。私もこれで安心してつとめに行けます」

「ああ、そうだってな。社会党のデモ隊に突っこんで立ちまわりやったうえ、機動隊とも揉めたんだってな。けど、そんなに長いことつとめなきゃならないもんなのかい、そんなことで？　オレは右翼のことはわからんけど……そりゃ執行猶予がつくかもしれんし、二十日でパイかもわからんな」

この村田の予測はズバリ当たった。

警察の命令に従って出頭したものの、松本は二十日間の勾留で不起訴処分となり、釈放となったのだった。

松本にすれば、

〈——ん？　どうなってんだ……？〉

狐につままれたような感があったが、村田との出会いがそんなふうであったから、何か不思議な縁を感ぜずにはいられなかった。

だからといって、村田に特別な思い入れを抱いたり、感じ入ったりしたわけでもなかった。「力道山を刺した男」という決まり文句が冠《かぶ》せられる男に対して、松本はあまり興味もなかった。

村田自身、そんなことをチラッとでも匂わせて偉そうにするタイプではなかった。

松本から見ても、村田は世間のイメージするような像とは違って、気のいい昔気質のヤクザであり、決してカリスマ性があるわけではなかった。

それがなぜ、それから34年の長きにわたって、村田が世を去るまで、その側に仕え、その死までも看とることになったのか。のちのち振り返ってみても、松本は自分でもよくわからなかった。

もともと松本はヤクザ渡世に身を置いたこともなく、少年の時分に、その入口あたりをウロウロしたことがあったとはいえ、ずっと足を踏み入れることもなく遠ざかってきた世界なのだ。なのに、なぜそんな歳になって村田を親分に持つことになったのか。なぜ、村田に最後まで仕え、そこまで忠誠を尽くしたのか。

決して村田にとことん惚れこんでしまったがゆえというわけでもなく、あとでつらつら思い返しても、松本自身にも答えが出てこなかった。

それはどう考えても、縁としか言いようがなく、松本にとって村田との邂逅が、まさしく運命の出会いとなったのである。

2

村田勝志が「力道山事件」で逮捕・起訴され、裁判を受ける段になったとき、自分で最初から決めていたのは、

「判決が7年以下なら、潔く受け入れて刑に服そう。しかし、8年を越えるようなら、控訴する」

というものだった。

一審判決が懲役8年となったことで、村田は控訴した。

小菅の東京拘置所にそのまま勾留され、裁判を受ける身となったのだが、折しも時は昭和39年、警

察庁による「頂上作戦」が開始された年であった。

関東ヤクザ界のトップクラスが軒並み逮捕・起訴されて、村田のいる東京拘置所に続々入所してきた。稲川会の稲川聖城、住吉会の磧上義光、川口嘵史、林勇太郎、義人党の高橋信義、国粋会の高橋岩太郎……といった面々で、さながら小菅の東京拘置所は、関東の大物ヤクザのオンパレードという按配《あんばい》であった。

稲川聖城と磧上義光が逮捕されたのは、引退した住吉一家三代目・阿部重作への慰労金を贈るため、箱根で共同で開帳した総長賭博によるものだった。

磧上は拘置所で村田と顔をあわすなり、親しげに合図を送ってきた。

前々年（昭和37年）10月に、阿部重作の跡目をとって住吉一家四代目を継承した磧上は、かねて次代の担い手として小林楠扶に目をかけていた。おのずと小林の側近である村田のこともよく知っていて、可愛いがっていたのだ。

磧上は拘置所で会った村田に、

「いいか、村田、おまえ、出所したらオレがちゃんとしてやるから、無事故でちゃんとつとめて早く帰ってこい。辛抱するところは辛抱せいよ」

とこれ以上ない言葉をかけてくれたばかりか、その旨の一筆まで書いてくれるのだ。

トップからお墨付きを得た村田とすれば、何年の判決が降りようと、後顧の憂いなくおつとめできるというものであった。

ところが、村田がまだ服役中の昭和42年、その帰りを待つことなく、磧上義光は病歿《びょうぼつ》し、磧上の跡目を継承したのが、堀政夫であった。

堀は住吉一家五代目を継承するや、2年後の昭和44年には、かつての港会→住吉会（昭和40年5月、頂上作戦で解散）の一門一統を糾合して、住吉連合を発足させていた。

村田が「力道山事件」のつとめを終えて出所するのは、その2年後、昭和46年のことである。

堀は、磧上が村田に約束したことを申し送りされていたのかどうか、帰ってきた村田に、こう申し渡した。

「村田君、待っていたよ。御苦労さん。群馬のほうに空いている縄張りがあるんだけど、君にはそこを死守《しも》りしてもらいたいと思ってる。どうだい、行ってくれるかい？」

それはヤクザ、とりわけ関東の博徒にすれば、大変な栄誉であった。

博奕打ちは本来、縄張り持ちになって初めて貸元であり、親分と呼ばれる身分となる。ヤクザにとっては、いわば、ひとつのステータスであり、誰もがそこを目指して男を磨くのだった。

ましてや村田のように32歳やそこらでそんな話が来るというのは、破格の待遇であろう。飛びつく者はいても、蹴とばす人間がいようとは思えなかった。

だが、村田にすれば、それは少しも望むことでもなければ、喜ばしい話でもなかった。ありがた迷惑といえば、言い過ぎにしても、村田にはそれに近い感覚があった。

「いえ、総長、大変ありがたい話ですが、私にはとてもつとまりそうにありません。田んぼと畑のあるところは、私には向いておりません。私は縄張りはなくても、生まれ育った銀座にいたいのです。生涯、小林楠扶のもとで一兵卒としてやって行きたいと思っています」

この村田の科白は、いたく堀政夫の胸を打ったようだった。

「ホーッ！」と、堀は目を丸くして、

「小林は何ていい舎弟を持ってるんだろうな……」

とつぶやいたあとで、村田を軽く睨むと、

「オレが縄張りをやるって言ってんのに、断わったのは、村田君、まず君ぐらいしかいないぞ」

嬉しそうに言ったものだ。

とまあ、これは村田が「力道山事件」の服役を終えて出所したあとの話である。

村田は事件直後から、「力道山を刺した男」として日本一有名なヤクザになった感があった。

だが、それは同時に力道山の後ろ楯を自任し、彼と親密な関係を持っていた東声会、ひいては山口組をも敵にまわしたも同然となったのである。

東声会会長・町井久之の兄貴分であり、プロレス興行を通して力道山とも深い関わりを持っていたのが、三代目山口組組長の田岡一雄であったからだ。

山口組にすれば、「力道山事件」で自分たちの顔が潰されたと解釈したとしても何ら不思議ではなかった。

実際、村田を狙った山口組の刺客が20人、小菅の東京拘置所に送り込まれたという噂が、まことしやかに飛び交っていた。

それが必ずしも噂だけでなかったことは、運動の時間、村田に襲いかかってくる者がいたことで証明されたものだ。

村田も負けじと応戦し、激しい揉みあいとなって、小菅はひと騒動となった。

そうしたことがあったものの、一方では裁判も進んで、一審判決の懲役8年が、二審では、正当防衛を訴えた村田の上申書が功を奏したのか、過剰防衛で懲役7年の判決が下った。

刑が決まって、村田の送られた先は、岐阜刑務所であった。

だが、そこは山口組だらけの刑務所で、村田のまわりは不穏な空気が漂った。村田のいるところ、いつ火が点いて暴発してもおかしくないような、一触即発の状態が続いたのだ。

刑務所側も困り果て、

「うーむ、こりゃ、いかんな。村田は置いとけん」

と判断され、新たに村田が押送されたところは、九州の福岡刑務所であった。

そこでも村田は、刑務所サイドにとって、ある種の問題児、危険分子であることに変わりなかった。

シャバではすでに村田の所属する小林楠扶の小林会と町井久之の東声会との間では、手打ちも済んでいるのに、塀の中はまた違う空気が流れていた。

村田を変わらず敵視する山口組の連中がいる一方で、「力道山を刺した男」として英雄扱いし、一目置くメンバーもいたのだった。

いつしか村田は、配属された工場で、それなりの影響力を持つ存在となっていた。

そんなある日、村田は工場担当の刑務官とぶつかり、怒りを爆発させてしまう。村田は、

「バカヤロー！　こんなのやってられるか！」

作業を放棄する挙に出たのだ。

すると、普段からその横暴な担当にたまりかねていた工場の連中も、

「そうだ、そうだ。ワシらもやれんわ。村田はんと一緒やけん」

と村田に同意を示し、同じ行動をとる者も出てきた。

その輪が次々に広がり、ついには百人余りの工場の人間が一斉に作業する手を止めてしまった。

村田はそのストライキの煽動者とされ、ただちに駆けつけた特別警備隊に捕まり、懲罰房へと送られた。

そして宮城刑務所へと不良押送され、そこでも札つきの〝厄ネタ〟扱いされ、厳正独居へと入れられるハメとなったのだ。

そうした試練を経て、村田は懲役7年の刑を満期でつとめあげ、出所間近となったところで、府中刑務所に押送され、そこからの出所と相なった次第だった。

昭和46年のことで、村田は7年ぶりに銀座に帰ってきたのだ。

村田の目に映った銀座は、確かな変貌を遂げていた。汐留川の上を高速道路が走り、銀座通りは、都電が廃止され改修工事が行われたとかで、車道が少し狭まり、歩道が広くなっていた。柳並木が消

えていたのは、少し寂しい気がした。

が、それ以上に、より近代的な高層ビルやいかにも銀座らしいモダンなシャレた店舗が立ち並び、街並の賑わい、華やかさ、きらびやかさ、夜のネオンの煌きといったら、以前にも増して凄かった。

村田も帰ってきたばかりのときは、

〈これだ！　オレが獄中で何十回、何百回と夢見た銀座だ！　オレは銀座に帰ってきたんだなぁ！〉

と実感したものだ。

3

せっかく銀座に帰ってきたのに、村田が保《も》ったのは5年だった。

銀座に腰を落ち着ける間もなく、昭和51年、村田はまたも逮捕される。今度は拳銃不法所持並びに覚醒剤取締法違反による懲役3年の刑であった。

そのつとめを終えて府中刑務所を出所してきた村田と程なくして出会ったのが、右翼団体、同雄会幹部の松本英二だった。

松本は米空母ミッドウェイ横須賀寄港反対運動のデモ隊にジープで突っ込んで捕まり、懲役刑を覚悟したのに、二十日間で釈放されてすぐシャバに戻ってきた。

川崎の自宅に帰った松本を、村田組代行の川上が訪ねてきた。

「松《まっ》ちゃん、六本木の事務所、助かったよ。いいところに見つかったって、うちの兄貴も喜んでるよ」

「こっちこそ、いい値で買ってもらってありがたかったよ」

「両方にとって良かったってわけだな。そこで相談なんだがな、松ちゃん、どうだろ、この際、うちの村田を手伝ってくれないかな。オレも村田の側に付きっきりってわけにはいかなくてね」

「えっ、どういうこと？」

「うちに来てくれないかってことだよ。村田の車の運転から何から、松ちゃんには村田の秘書代わりをつとめてもらいたいんだ」

「――ええっ⁉　ちょっと待ってくれ。それはつまり、オレに村田組の看板を背負《しょ》えってことかい？」

「うん、その通りだ。今度の事務所の一件といい、松ちゃんとは何だか凄い縁を感じてしょうがないんだ。これはむろん村田も承知してることだよ。村田も松ちゃんのこと、気に入ったみたいだな」

「うーん、急にそんなこと言われてもな……ちょっと考えさせてくれないか」

「おお、いいとも。じっくり考えてくれ。いつでも六本木のほうに来てくれよ。待ってるから」

川上と別れて一人になると、松本は考えこんでしまった。

〈……うーむ、いまさらヤクザをやれって言われてもなぁ。そもそもオレはいままでずっと一人でやってきたんだ、誰も親分を持たず、誰の下にもつかないで。同雄会の右翼にしたって、オレがやりたいからやっただけであって、会長の若林についたわけでもなければ、他の誰かについたわけじゃない。それをいまさら、村田さんの子分になれって言われてもなぁ……だいたいオレはもう二十八、三十に

近い歳なんだからなぁ。こんな歳になって、ヤクザ始めますってヤツはいないだろう、いくらなんでも……〉

松本の顔に自嘲の笑みが浮かび、次いで「ハーッ」と溜息を漏らした。

〈村田勝志か……〉

松本は、その人懐っこそうな顔を思い浮かべていた。

他のカタギの人間からは「怖い」という声が聞こえてくるが、この間、初めて会った村田は大層感じ良かった。人懐っこさというのは、とりわけ笑うとその印象が強かった。

北海道生まれの松本が、中学を出ると家出同然に家を飛び出し上京したのは昭和41年、まだ15歳のときだった。

その後、同郷の先輩に誘われ名古屋に行って暮らしたことはあったが、また東京に戻ってからは、ずっと隣りの川崎を地盤にして生きてきた。風俗業やその周辺の仕事で生計を立てて、多少のワルさもしたし、ヤクザな稼業でシノいできたのも確かだった。

だが、ヤクザの看板を背負ったことは一度もなかった。

松本の故郷の北海道は、かつてはテキヤ王国と言われるほど、圧倒的にテキヤの勢力が強かった。

松本もグレていた中学時代、地元のテキヤ組織に出入りして露店の商売を手伝ったりしたこともあった。

だが、そこで垣間見るヤクザの実態は、少年の目にも失望することが多かった。

ついぞヤクザになりたいという気が起きなかったのはそのためで、憧れる世界ではなかったのだ。上京してからも到底そんな気にはなれなかった。

ただ、松本の場合、彼らがシノギとする領域の周辺で生計を立ててきたこともあって、おのずと川上のような組関係者とのつきあいが生まれることも往々にしてあった。

過去にもそうした他の組からの誘いじみた話はあったが、松本は一貫して断わってきたのだ。

が、今度の場合、心安くしている川上からの誘いであり、内容も具体的で、村田勝志という大物組長に付くというのだから、話が違っていた。

さて、どうしたものか——と改めて考えたとき、松本の脳裡を離れなかったのは、村田の人懐っこい笑顔と、その気のいい人柄とであった。

かつ今後の六本木の事務所の一件における計ったようなタイミングといい、村田とは不思議な縁を感じずにはいられなかった。

〈やってみようか、村田という人のもとで。思いきって飛びこんでみるか。あの人についていくのも面白いかもしれないなぁ〉

松本は決断したのだった。

その報告を受けた川上は、

「そうか、決心がついたか。そいつはありがたい。よかった、よかった。兄貴も喜ぶだろう。オレたちで村田を男にしようじゃないか」

と、大仰に喜んだ。

こうして30歳を目前にして、村田の門を叩いた松本であったが、村田は懲りない男だった。

それから3年後の昭和57年11月、村田はまたまたおカミの御用となって、銀座を留守にする破目になるのだ。

今度は賭博開帳図利容疑で、横浜の戸部署に逮捕されたのである。

村田逮捕の端緒となったのは、神奈川県警捜査四課と戸部署が詐欺事件で逮捕した山口組系組員に対し、詐取した金の使途を追及していたところ、

「村田の賭場で敗けた」

と自供したことによる。

前年の56年10月、村田は不動産業者や歯科医、組幹部など約二十人を集めて賭博を開帳、テラ銭1000万円を得ていたという。

この賭博開帳図利罪によって、村田は懲役1年の刑を科され、三度目の刑務所入りを余儀なくされたのだった。

このとき、妻のマチ子は村田の子を身籠っていた。

長男が誕生するのは、翌59年2月のことで、服役中の村田はそれに間にあわなかった。

それから間もなくして、村田は府中刑務所を出所した。

「博奕の懲役はヤクザの宿命。勲章とまでは言わないが、いわば、仕事みたいなもの」

という考えかたが基本のヤクザ社会は、その放免出迎えともなると、盛大に行われるのが常だった。村田の若い衆となって初めて村田を出迎えに、府中刑務所に赴いた松本は、放免に集まった人の多さに度胆を抜かれた。

皆が皆、スーツ姿の礼服に身を包んでいるなか、たった一人、着物姿で現われたのが、村田であった。村田は着物がよく似合って、その颯爽と歩く姿はまるで映画のワンシーンのようで、松本は我が親分ながら、ジンとシビれずにはいられなかった。

4

松本から見て村田は、昔からよく見てきた古いタイプの典型、昔気質のヤクザそのものだった。ただ、銀座で産ぶ湯を浸った男だけに、他のヤクザにはない垢抜けたスマートさはあったが、村田の場合、どうもそれが芯から身についていないような感は免れなかった。

そのおシャレや身だしなみ、社交上の所作や身のこなし等に関しては、ちゃんと指南役がついていて、それが二度目の妻マチ子であろうとは、松本にも容易に想像がついた。

放免の際、あれほど着物の着こなしがサマになっていたのも、マチ子のコーディネートがあってのことというのも、松本はあとで知ったことだった。

東京・日本橋生まれの銀座育ち、銀座のクラブで働く前は芸能界にいたマチ子にすれば、村田のヤボったさは見ていられなかったのであろう。

村田は性格的にも無口で無愛想、決してウィットやユーモアセンスに富んでいるとも思えず、あまり冗談を言うタイプでもなかった。

それでいて、そこは無骨者でも銀座のヤクザ、村田は女にはよくモテていたし、若い時分から女に不自由することはなかったようだ。

松本が村田からよく聞いていたのは、

「銀座警察と言われた時代からの伝統でな、小林楠扶から教育されたのは、ちゃんとネクタイしてろ、アロハシャツは着るなってことだったな。だから、オレなんかも常にネクタイしてたよ。その代わり、金がないから毎日同じ背広着てた。喧嘩して背広をナイフで切られたって、継《つ》ぎ接《は》ぎしてもらって着てたりとか、靴なんて穴空いてるのを履いてて。雨の日は歩けねえとかさ。

けど、なんだな、オレも銀座のヤクザはいっぱい見てきてるけど、途中でカタギになるヤツってのは、原因がほとんど女だったな。いい女と巡りあっちゃうと、カタギになってくれって話になるんだろうな。だって、ほら、銀座は昔からいい女がいっぱいいるじゃねえか。オレたちの先輩連中にはそういうのが多かったね。

オレは女は常にいたからさ。ガキの時分からそういう不良少年の道を辿ってきてるから。女のことでカタギになるというようなことは、欠片も考えたことがなかったな。

それに小林楠扶っていう人は、女を喰いものにしちゃいけないってことを常々言ってたから。女を風俗で働かせたり、女の稼ぎで飯を食うとか、そういうことは一切いけないってな」

村田はめったに冗談も口にしないような男で、話術も決して巧みとはいえないのに、どうして若い女を口説き落とせるのか不思議だったが、なぜか女にはモテたのだ。

ひとえに、男のやさしさとマメさゆえ――と証言したのは、二人の妻であった。

一方で、松本の目にも、村田は渡世においては紛うかたなき武闘派、喧嘩と聞くと血が滾るタイプの昔ながらのヤクザだった。

村田が指揮を執った小林会の大きな抗争は、平成元年9月から10月にかけて起きた、いわゆる「郡山抗争」と言われるものであったろう。福島・郡山に本拠を置く寄居真会との間で勃発した抗争で、小林会会長の小林楠扶が世を去る3ヵ月ほど前の事件であった。

まず銃撃が轟いたのは東京で、9月30日午前11時5分ごろのことだった。東京・千代田区九段のホテル「グランドパレス」玄関ロビーで、寄居真会系列最高幹部がそこに潜んでいた小林会系列ヒットマンによって突如銃撃されたのだ。

刺客が撃った短銃弾は一発、口径17ミリの強力なもので、それは最高幹部の脚に命中、被弾した彼はただちに救急車で近くの病院へ搬送されたが、両足大腿部を貫通する重傷であった。

この銃撃事件からわずか15分後、今度は福島・郡山において、またもや小林会系列ヒットマンによる寄居真会本部事務所殴り込み事件が発生した。

午前11時20分ごろ、住吉連合会小林会傘下の福田組内中川興業代表の中川成城は、郡山市中町の中町ビル3階の同会本部に殴り込むと、持っていた短銃を数発発射、銃弾は居あわせた同会組員の左脚に当たって、約1ヵ月の重傷を負わせたのである。

さらに中川は、そのまま同会本部事務所を占拠し続けた。が、約1時間後、郡山署の説得に応じて投降、殺人未遂、銃刀法違反の現行犯で逮捕されたのだった。

寄居真会が報復に転じたのは、6日後の10月6日だった。午後6時過ぎ、東京・港区六本木の小林会六本木本部事務所前で、寄居真会系列組織組員が警戒中の小林会傘下組員を狙撃、左脚に2週間の怪我を負わせた。

また、ほぼこれと同じころ、新宿区大久保にある小林会傘下の中川興業の事務所にも短銃弾5発が撃ち込まれたが、怪我人はなかった。

やられたらやり返す――ヤクザの鉄則に従って、小林会もすぐさま反撃に転じた。

同日午後8時20分ごろ、小林会のヒットマンは、郡山市桑野にある寄居真会岩倉組事務所に銃弾4発を撃ちこみ、さらにその十分後、午後8時半ごろには、別の襲撃者が同じ桑野にある寄居真会系列幹部宅にも同様のカチ込みをかけ、銃弾2発が発射されたのだ。

このすばやさを以ってしても、小林会の襲撃隊が以前から郡山に潜伏していたのは明らかだった。

いずれにせよ、東京と郡山とで激しい銃撃戦が展開されたのだが、小林会側の指揮官の一人となった村田は、

「この喧嘩は、あくまで筋を通すための喧嘩だ。とことんやる。一歩も引かん！　どれだけ長期戦に

なろうと、どこが間に入ろうと、断固としてけじめをつける！」

と獅子吼《ししく》し、意気軒高であった。どこまでも強硬で、〝イケイケ〟の武闘派の面目躍如たるところを見せつけた。

その顔も、完全に武闘派ヤクザの顔になっていた。

これには、村田に仕える松本も、

〈さすがだな。銀座のおネエちゃん相手にしてるときとは大違いだな。このために生きてる男が、村田なんだ……〉

改めて惚れ直してしまいそうな気迫に充ちていた。

北海道のときもそうだった——と、松本は何年か前の札幌での抗争事件のことを思い返していた。

札幌に事務所を置く小林会系列組織が、地元の広域系組織とぶつかり、二次抗争は避けられない状況になったときだった。

「よしっ、札幌へ乗りこもう！」

真っ先に声をあげたのが村田で、小林会は百人余りの組員を動員し、その日のうちに飛行機で札幌へと乗りこんだのだった。

羽田発札幌行きの夜便飛行機は、小林会の面々で貸し切りのような状態となり、松本もその中の一員となった。

小林会一行が札幌に到着すると、決戦ムードは嫌でも高まって、彼らの意気もあがった。それぞれが札幌支部事務所やホテルに散らばって待機し、臨戦態勢をとった。

そんな一触即発の状態が続くなか、どうにか衝突せずに済んだのは、間もなくして相手方との話しあいがついたからだった。

相手代表との掛けあいに赴いたのが村田であった。交渉の場で、村田は一歩も引かずに双方の落としどころを探ったのだ。

その結果、互いの面子を損なうことなく抗争を終結できる妥協点を見つけ、ようやく決着がついたのだった。

「我々は吐いたツバは呑まないよ。言ったことは必ず守る」

との科白を残して、村田並びに小林会は意気揚々と東京へと引きあげたのだった。

あのときと同じだ――と、松本はつい思ってしまう。

喧嘩となると、村田は生き生きとし、常に颯爽としていた。

普段でさえ大柄な男が、さらに大きく見えてならなかった。

それが松本には誇らしくもあった。

結局、「郡山抗争」は、抗争消火システムが徹底している関東ヤクザ界にあって、間もなく終結となった。

5

「――え？　小林会長が……」

小林楠扶の訃報が届いたとき、関係者の誰もが、自分の耳を疑わずにはいられなかった。ついに2ヵ月ほど前、１００人を超える恒例の富士桜ゴルフ大コンペにおいて、小林がグロス81という完璧なスコアで優勝したのを知っていたからだ。

「あんな頑健な人がなぜだ?!　信じられないよ」

という反応をする人が多かったのも、無理なかった。

いまだ59歳の男盛り、任侠渡世においても日本青年社という民族派運動においても、充実した絶頂期を迎え、すべてにおいてこれからという矢先の死であった。

小林が東京・新宿の東京女子医大附属病院において、肝不全のため世を去ったのは、平成2年1月11日午前10時7分のことである。

17歳の年から「兄貴」と慕って、小林一筋についてきた村田勝志にすれば、その衝撃は到底言葉では言い表わせなかった。

病室で見た小林楠扶の死に顔は安らかで、村田には眠っているとしか思えず、胸中で、

〈……兄貴、起きろよ。早すぎるよ。……だいたいあれほど負けず嫌いの兄貴が、病気に負けるなん

ておかしいじゃないか……オレは納得できないよ……〉

と語りかけていた。

実際に村田は、小林と36年つきあうなかで、あんなにも負けず嫌いの人間を他に見たことがなかった。また、何であれ、物事に熱中するときの熱中ぶりというのも、小林は物凄かった。

まだ村田が「力道山事件」を起こす前の時代のことだ。小林は「銀座タフガイ」という草野球チームを作って、旗照夫ら芸能人チームや四谷のステーキ屋「フランクス」チームなどと、しょっちゅう試合をしていたことがあった。

そのとき小林は、

「オレがピッチャーで四番だ」

と断固として言い張り、村田たちが、

「兄貴、ピッチャーは九番に決まってるよ」

と異を唱えても、聞く耳を持たなかった。

「いいや、オレはピッチャーで四番じゃないとやらないよ」

そのうえで、

「投手は毎日、何百球の投球練習をやらなきゃいけないんだ」

と言い、自宅の庭に布団をぶらさげ、そこに的となる丸印をつけて、連日の投げ込み――投球練習を自らに課し、黙々と励んでいた。

村田や衛藤豊久は専ら球拾い、ともかく負けは許されず、試合は勝つことが多かった。

ゴルフをやりだしたのも早く、村田は小林から朝6時に電話で起こされ、何事かと思っていると、

「いま、芝ゴルフにいるから来いよ」

との誘いだった。

さすがに村田も三度までは仕方なくつきあったが、四度目からは口実を作ってやんわりと断わった。銀座のクラブには馴染みがあっても、ゴルフのクラブはそれまで握ったこともなかったからだ。

まだヤクザ者がゴルフをやる時代ではなく、業界でちょっとしたブームとなるのは、だいぶ先の話である。ブームになったころには、小林の腕は上達して他の追随を許さぬまでになっていた。

草野球やゴルフだけではなかった。ボウリングや釣り、書道などにも同じように打ちこんだ男が小林だった。

いったんひとつのことに興味を持ってやり始めると、負けず嫌いの性分も加わって、とことんまでやり抜かずにはいられないのだ。根が生真面目なのだった。

それは小林にとってヤクザ渡世であれ、日本青年社にしろ、同じことであったろう、そうやってひたすら打ちこんだのだ——とは、村田ならずとも、小林を知る者なら誰もが思うところだった。

それだけに、その志半ばの死に対し、なおさら痛恨の思いは否めなかった。

小林楠扶の葬儀は、一門ゆかりの古刹、東京・中目黒の祐天寺において、1月16日午後1時から執り行われた。

祐天寺には、小林の親分で銀座警察の祖である高橋輝男が眠り、その墓碑には、

この道を生き貫きし面影の
眼に浮かぶなり春寒くして

という三浦義一の歌と、

借也若途中静眠（借しむなり若き途中静かに眠る）

との菊岡久利の漢詩とが刻まれていた。

日本青年社葬として営まれた同葬儀は、まず葬儀委員長の廣済堂会長の桜井義晃が挨拶に立って、故人の遺徳を偲び、続いて友人代表として弔辞を述べたのは、俳優の萬屋錦之介であった。

「……会長、貴方とはよく磯釣りに行きましたね。磯の上での語らいは楽しかった。ある日、会長は『錦ちゃん、僕は日本の為に少しでも貢献できる様働きたい……錦ちゃんは日本一の役者になってくれ』と力強い会長の御言葉に手を取りあったのが、昨日の様に思われてなりません。

会長、貴方が逝かれる前の日の夕方、病床に馳せつけた私は、思わず『会長、錦之介です』と呼ば

ずにはいられませんでした。

会長は私の手を優しくかばうように握って、自分の方へ引き寄せられました。私の事がわかって下さったのだと『会長』と、もう一度、私は呼びました。

又、会長は、私の手を自分の胸元へ引き寄せられた様に思えました。

あの時の会長の手の暖かさ……。

この暖かさで、会長は三十数年の間、私の手をとり私を包んで、見守っていて下さったのだと思いました……」

この日、東京は今年初の白雪が早朝から舞い続け、葬儀が始まってもやみそうになかった。

読経が流れるなか、遺族を始め、参列者の焼香が済んで葬儀を終えたあとも、外はなお雪が降りしきっていた。

そんななか、出棺となったとき、故人と交流のあった新右翼リーダーの野村秋介が、小林が生前、最も愛唱したという「青年日本の歌」を、

〽汨羅の淵に波騒ぎ
と発声し、日本青年社隊員を始め、関係者が合唱したものだった。

どの隊員も涙が頬を伝い落ちるのも構わず、魂を絞り出すように歌い続けた。

この通夜、葬儀に駆けつけた弔問者は、実に1万2000人に及んだという。

6

小林楠扶亡きあと、住吉連合会小林会二代目会長を継承したのは、小林初代のもとで本部長をつとめていた福田晴瞭、日本青年社の新会長となったのは、前総隊長の衛藤豊久であった。

小林会福田晴瞭新会長体制下、前幹事長の村田勝志は理事長に就任、小林子飼いの古参幹部として福田新会長を支える役目を担うことになったのだった。

その村田に仕え、早十数年、松本英二は感慨深いものがあった。

専属運転手の役目ばかりか、年中、村田の側について、村田という男を誰より知る存在になって、おのずとわかってきたことも多かった。

そのひとつが、村田がおよそ野心とか権力欲を持ちあわせた男ではないということだった。

たとえば、今度の小林会跡目継承問題にしても、キャリア、実績、力量からいっても、「跡目は村田」との声が出ても、決しておかしくなかった。一般社会ならいざ知らず、ヤクザ渡世において、「力道山を刺した男」の冠は勲章にはなっても、障害や瑕疵《かし》になりうるものではなかった。

実際、業界筋からもそんな声は聞かれることがあったし、身内の中にも村田をその気にさせようと空気を入れる者の存在があったことは、松本も直接本人から聞いて知っていた。

が、村田にはそんな欲はみじんもなかった。跡目をとろうなどという考えは、端から毫《ごう》もなかったのだ。

小林楠扶が早くから若い福田に目をかけ、自分の後継者に育てようとしていたことは、誰の目にも見てとれたからだ。

そのため、小林は大きな義理場や大事なイベントとなると、必ず福田を同行させて帝王学を学ばせたり、他組織との結縁でも、売り出し中で福田より高目の者と五分兄弟分の縁組みをさせるなど、極力大きく伸ばそうとしていた。

福田の跡目継承は小林の遺志でもあり、既定の路線であった。

村田には何の否やもなかったし、会においても、それに伴うトラブルは一切起こらなかった。

「そもそもは小林の兄貴が決めたこと。オレたちがどうのこうの言える筋合のもんじゃない。二代目会長体制になったからには、福田新会長を全面的にバックアップし、盛り立て支えていくのが、古参のオレたちの役目、それしかないだろ」

誰に対しても、村田はきっぱりと言った。

仮に冗談で跡目云々を口にする者がいても、村田は一笑に附し、

「オレが小林の跡目？　冗談じゃない。オレはそんな器じゃない。自分が一番よく知ってるよ。あくまで小林楠扶がいてこその村田だよ。小林楠扶がいるから、初めてオレも光るのさ」

と真顔で応えたものだ。

松本英二から見て、村田にあまり欲や野心がないと感じることはもうひとつあった。

住吉連合会の強豪・小林会にあって、村田はその中枢を自負し、村田組を作ってはいたが、自分の組をガムシャラに大きくしていこうという気はほとんどなかったことだ。

というより、村田は小林会の他の組の若い衆であっても、まるで自分の若い衆のように見ているフシがあった。

だから、小林会のこととなれば、村田組の若い衆だけで手が足りないときには、村田は平気で他の若い衆も使ったし、遠慮なかった。

それが誰からも嫌がられなかったのは、村田の人徳であったろうか。

まして小林会の有事ともなれば、村田は戦闘指揮官になるわけだから、それもまた当然の話なのだが、その延長で、小林会の若い衆なら自分のとこも他の組も一緒――となってしまったのであろう。

ともあれ、村田は、村田組の強化拡大ということにはさほど熱心ではなかったから、全盛時でも若い衆は三十人いたかどうか、松本には定かではなかった。

村田は根っからのヤクザであったから、小林楠扶が任俠組織「小林会」とともに車の両輪のようにして取り組むもうひとつの政治結社「日本青年社」のほうには、正直言ってほとんど関心がなかった。

小林が一生懸命やっているから、自分もそれに倣って一緒に活動に参加したり協力してきたが、村田の本質はヤクザそのもの、一貫して軸足を置いてきたのもヤクザ以外の何ものでもなかった。

ただ、小林楠扶の右翼活動への取り組みかたには、紛いものではない本物を感じていたし、その情熱には、村田も脱帽するしかなかった。

ヤクザ界であれだけ名の通った実力者が、右翼人としても、北方領土奪還・反ソ・反日教組運動等における集会や街宣活動、デモ行進などでも自ら先頭に立ってビラを撒き、演説したりするというのは、なかなかできることではなかった。

とりわけ小林が日本青年社として果たした何より大きな功績は、日本固有の領土である沖縄・尖閣諸島に灯台を設置し、それを守り続けてきたこと――であるのは、村田ならずとも多くの人が評価するところであったろう。

村田もよく松本に、

「誰が何を言おうと、あれはたいしたもんだよな。任俠右翼だ何だって批判されたってな……立派なもんだ。本来なら国がやらなきゃならないことを、兄貴や衛藤たちが……日本青年社がやってのけたんだからな」

と語ったものだ。政治向きの話など、めったに口にしたことがない村田も、これだけは誇らしげだった。

「衛藤にしたって、小林会長がいたからこそあれだけ右翼のほうで手腕を発揮できたんだ。オレとは一緒に兄貴のとこで部屋住みした仲だけど、まあ、ヤツはもともと不良少年で終わるような男じゃなかったからな。もともとそっちのほうに志のあった男だし、頭も切れて勉強もしてたからな」

小林楠扶が衛藤豊久とともに、日本青年社の前身である楠皇道隊を結成したのは、昭和36年10月のことである。

日本共産党本部襲撃、反ソデーに参加し、ソ連大使館への抗議、日教組定期大会阻止行動などを続けていたが、昭和44年3月、楠皇道隊を発展的に解消し、日本青年社として発足。小林楠扶会長以下219人が参加し、明治神宮において結成式を挙行した。

日本青年社衛藤豊久総隊長以下、8人の同隊が初めて尖閣諸島魚釣島に上陸、点滅式灯台を建設して実行支配を行ったのは、昭和53年8月11日から26日にかけてのこと。以来、日本青年社は毎年、尖閣諸島魚釣島に隊員を派遣するに至っている。

灯台といっても、当初は電柱の先に電灯を取りつけ、バッテリーで灯を点す方式の簡便な代物であったが、改良を重ね、現在では鉄骨建ての自動点滅、光射距離約35キロの本格的な灯台となっているという。

毎年の隊員の上陸も、この灯台の補修、点検という大事な役目があってのことだ。

かかる費用は、灯台一本作るのに1000万円以上、維持するのに年間数百万円という膨大なものだった。もとより国の援助はなく、一切は日本青年社の自己負担という。

平成8年11月、衛藤豊久が週刊誌に、尖閣諸島への灯台設置の真意を初めて語っている。

「そもそものきっかけは、昭和53年4月に中国の武装漁船団が大量に尖閣諸島に現れたことからです。他の右翼団体もさまざまな示威行動をしましたが、日本青年社は、自分たちが出来ることは何かと考え、その結果、灯台建設を思いたったのです」

「当初は、思想的目的が終わったら撤退しようかと考えていたんですが、灯台は航行安全に関わる公共的使命をもつだけに撤収の機会がなかなか見つからなかった。

そうこうしているうちに、2年後の55年、フィリピン船籍の貨物船が台湾から日本に向かう途中で台風に遭い、沈没寸前になるという事件が起きました。

彼らは、我々が建てた灯台の灯を見つけてそれを頼りにして魚釣島の岩場にたどり着いた。総勢23人で、島の旧鰹節工場跡地に我々が建てたプレハブの避難所を見つけ、蓄えていた缶詰などを食べて、救助されるまで凌いだというんです。

我々は、その話を海上保安庁から聞いたんですが、これでもう撤収は出来ないと感じましたね。漁民の安全のためには命がけで守らなければならない。

尖閣列島の周辺は、マラッカ海峡から台湾海峡、東シナ海へ抜ける日本の生命線なんですよ。領有権を主張しておきながら、そんな危険なところへ政府が灯台一つ建てないなんておかしいじゃないですか」

7

《平成9年9月1日、住吉連合会小林会村田組・村田勝志組長、恐喝容疑で警視庁に逮捕される》
というニュースが流れてきたとき、娘の光は、
「あれっ、パパ、今度は何をやったんだろ?」

ちょっとだけ驚き、かつ心配したのは、父の逮捕が、このところ、ずっとなかったことにもよる。

だが、マスコミに出た記事を読んで、光は怒りが沸いてきた。

「何、この記事は?!　デタラメばっかり……いくら警察発表そのままって言ったって、こりゃ、ないよ。ひどいよ」

報道によれば、村田が脅喝した相手は、六、七年前から愛人関係にあった嶋田ゆりという芸名を名乗る27歳の女性タレントだった。

彼女は今年になって、プロサッカー・Jリーグの人気プレーヤー、川口能活とつきあうようになったため、村田に別れ話を持ち出したという。

これに激怒した村田は、

「オレとつきあっていたことをバラされてもいいのか」

とタレントを脅迫。彼女のベンツを始め、高級腕時計や指輪、携帯電話など約700万円相当を脅しとったというのだ。

「何よ、これ?!　バカバカしい。脅しとったって、ベンツも指輪も、時計から何から全部パパが買ってあげたもんじゃない！　マンションだって、パパが面倒見てたんだから……」

この嶋田ゆりという愛人のことも、他の何もかも事情を知っている光にすれば、噴飯ものの記事であった。

「彼女、歳もかなりサバ読んでたのは知ってたけど、まさか27歳って……そんなにいってたなんて……」

　彼女とは麻布の村田組事務所で何度も会っていた。むろん父と六、七年越しの愛人関係にあることも、村田本人から聞いていて、光には周知の事実だった。
　彼女は事件の前年春からタレント活動を始めたばかりで、同年秋には英会話スクール「ジオス」のテレビＣＭに初めて起用されたのだ。
　彼女のセールスポイントは、なんと96センチという驚異的なＦカップのバスト。そのナイスバディが泡風呂やレントゲン写真機に隠れてなかなか見えないという設定で、ＣＭがお茶の間に流れ、世の亭主族を楽しませた。
　タレントになる前の彼女の経歴が、いかに嘘八百な代物であるかも、光はすべて知っていた。
　雑誌のグラビアなどで伝えられるプロフィールは、
《短大在学中より『ＶｉＶｉ』などファッション誌のモデルとして活躍。……現在、歌と演技のレッスン中》
　とあり、また、某週刊誌のインタビューで、彼女は、
《バストについてはよく聞かれるんですが、遺伝ですね。母もおばあちゃんも大きい『オッパイ星人』なんです。だから、私も中学のときから、ちょっとむくむくと大きくなりだしました》
《日本の既製服だと、ジッパーがきつくて閉まらないんです。だから、体の線が出るものは、ほとんど海外ものになりますね》

と答え、同誌では、

《ちなみに、インタビューしたときの洋服はシャネル。新人タレントが買えるものではないが、父親は会社社長、本人も東京・麻布十番生まれの麻布十番育ちと聞けば納得》

と紹介されていた。

この記事を読んだときには、光も思わず噴きだしてしまった。生まれも育ちも麻布十番、父親が会社社長――って、それはまさに私のパパ、村田勝志のことを指しているとしか思えなかった。

麻布十番に情夫の事務所があるのだから、土地鑑があるのも道理で、彼女は、

《でも、麻布十番って下町ですよ。ケーキ屋さんは一軒しかなく、おせんべい屋さんやたいやき屋さんがあるんですから》

などと、さももっともらしく話している。

が、彼女が生まれ育ったのは東北の地方都市、短大在籍というのも嘘で、自慢のバストは整形の賜物であり、その費用を出したのも、村田だった。

彼女は21歳のとき、故郷を出て、短大ではなく銀座のナイトクラブのホステスになったのだ。

そこで出会ったのが、銀座を庭同然とする小林会幹部、常連客の村田勝志であった。

銀座でも一流と言われる高級クラブで、彼女は、自分をより高みに引きあげてくれる上等の男を捕

まえようと、精一杯突っ張った。

どんな客に対しても、

「私はドンペリのピンクしか飲まないの」

などと言ってのけるのだ。そのシャンパンは当時、一本30万円という代物であった。

そんなところが、村田の眼には可愛い娘と映ったのか、すっかり気に入られ、彼の愛人となるまで、そう時間はかからなかった。

村田は彼女をゲットするや、クラブホステスを辞めさせ、村田組事務所近くの南麻布のマンションに彼女を住まわせた。むろん月二十数万円の家賃も村田が出し、他に〝お手当て〟100万円を毎月、彼女の口座に振り込んだ。

ばかりか、真っ赤なベンツ500SLのオープンカーや指輪、ダイヤが嵌《は》めこんであるシャネルの150万円の腕時計も、すべて村田が買ってあげたものだった。

つまりは、とことん女に弱く女にアマいコワモテ組長なのだった。

それらの品々を脅しとられたとして、今回、彼女が麻布署に駆け込んだのは、Jリーグのスター選手川口能浩と関係ができ、それを村田に知られて彼をソデにしてしまったがゆえの結果であった。

彼女——嶋田ゆりをよく知る知人女性によれば、

「彼女が川口選手に近づいたのは、デキちゃった婚を狙ってのもの。昔から彼女の大物狙いは有名で、金を持ってない男は相手にしなかった。セックスフレンドだった某有名整形外科医の奥さんから訴えられたり、アメリカの某航空会社の重役の息子ともトラぶって、とんだ修羅場を演じてるわよ。あっ、そうそう、キムタクともあったわね。それも村田さんとつきあってるときよ」

キムタクとは、あのジャニーズのモテ男、木村拓哉のことである。

村田が彼女とJリーグスター選手との浮気に気づいて、それを確信したのは、彼女の手帳を見たときだった。そこに川口能活の名前と電話番号が書いてあったのだ。

村田は彼女をさんざん問いつめた挙句、白状させた。その直後、彼女の手帳にあった件《くだん》の番号に、村田が直接電話を掛けた。

「……どうなんだ？」

との問いかけに、受話器の向こうから聞こえてきたのは、

「……キスしただけです」

というスター選手の蚊の鳴くような声。

村田は畳みかけた。

「ゆりは、セックスもしたと言ってるぞ。あんたと結婚できなければ自殺するとまで思いつめてるんだ。男らしく本当のことを話したらどうなんだ」

「……」

長い沈黙のあとで、サッカーのスター選手は、意を決したように、

「僕には婚約者がいるんです。ですから、彼女と結婚する気はありません。一度だけの遊びでした。

……すみませんでした」
実は村田にとって、彼女に浮気されたのは今度が初めてではなかった。
以前にもあって、その相手がキムタクであったというのだから、大物喰いの面目躍如たるものがあろう。
そのときも、村田はジャニーズ事務所に電話を入れ、
「いったいキムタクは何をやってるんだ?!　困るじゃないか」
とクレームをつけたこともあったのだ。
間に入る人もあって、スッたモンだの末に収まったのだったが、再び今度の騒ぎとなったのだ。
さすがに村田も、一度ならず二度までもとなって、ゆりという尻軽女にすっかり嫌気がさした。き
れいさっぱり別れるつもりが、とんだしっぺ返しを喰らうハメになったのだから、最後までとんでも
ない女であった。
ゆりは写真週刊誌『フォーカス』(平成9年9月24日号)の取材に、シラッとこう答えている。
《貯金が2000万円あって、ベンツはそれで買いました》
《川口選手とは彼の沢山いるガールフレンドの一人》
《キムタクとは3年前の話で二、三度会っただけ》
《私、モデルで売れて来たので、組長と別れて明るい世界で頑張ろうと思ってるんです》

なんともはや、大変な女であったものだが、この事件、のちに彼女が弁護士を使って、自ら告訴取り下げの示談要求をして、村田は不起訴となり、最終的には20万円の罰金刑でケリがついた。

8

父のことを面白おかしく報じるマスコミに対し、最初は不愉快に思い、怒っていた光もそのうちに、わが父ながら半ば呆れ、笑えてきた。

〈まったくうちのパパと来たら、昔からどうしようもない女好きで、からきし女に弱いくせに、どうしてこうドジなのかしら。女にいいように手玉にとられ、お金もさんざんムシられて……もう少し、うまくやりゃいいのに。女の浮気に気づくより先に、自分のほうだって、奥さんに全部バレてんだから……〉

光が「奥さん」というのは、村田の三番目の妻となる、当時の夫人のことだった。

そのゆりという愛人タレントの存在が、夫人にバレたのは無理からぬところで、なにせ村田は愛人を、妻と同じ歯科医院に通院させていたのだ。しかも、夫妻宅と同じマンションの階下にある歯科医院というのだから、何をか言わん、バレないほうがおかしかった。

村田はそこで彼女に歯の治療をさせ、インプラントから何からやってあげていたのだから、光から見ても、父はどこか間が抜けていた。

村田は娘の光の前でも、

「けしからんヤツだよ、あのゆりという女は……オレのベンツで川口迎えに行きやがって」

と腹を立てていた。〝オレのベンツ〟と言ったのは村田名義であったからで、彼女に買い与えたというより、貸しているだけというつもりであったのかもしれない。

この騒動からだいぶ時間が経ったあと、たまたま光が、麻布の村田組事務所に遊びに行ったときのことだ。

村田が娘の顔を見るなり、

「ちょっとビデオ見ようか」

と言うので、光が、

「何のビデオ?」

と聞くと、村田は、

「AVだよ。ほら、ゆりっていたろ。オレといろいろ揉めて別れた女。あいつ、あれからAV女優になったんだよ」

「えっ、そんなの見たくないよ」

光が言っても、村田はせっせとセットして、プレイスイッチを押していた。

テレビ画面いっぱいに広がる女の裸体。ベッドシーン。

「ほら、巨乳のあいつ。顔もそのままだろ」

「勘弁してよ、パパ！」

〈娘にそんなの見せんなよ――！〉と、光が胸の内で叫んでも、村田はお構いなしだった。

「あっ、こいつ、この顔は嘘だな。感じてねえな」

などと、勝手に批評しているのだから、光は呆れて物も言えなかった。

そもそも村田が「力道山事件」以来、マスコミに再登場し、賑々しく報じられたのは、今度が初めてではなかった。

それもまるで関係のない「力道山事件」を引きあいに出され、さんざん揶揄され、コケにされるような格好で……。

それはこの〝タレント事件〟から8年前、平成元年3月、甲子園で催される春の高校野球、選抜高等学校野球大会の組みあわせが決まる日のことだった。

一回戦の好カードを速報する夕刊専門紙のトップ面に、五段抜きでデカデカと掲載された伝説の国民的ヒーロー、力道山の写真。チャンピオンベルトを腰に巻いた〝ドヤ顔〟でファイティングポーズをとった、リング上の力道山の勇姿であった。

そのヒーローの勇姿の頭のほうにチョコンと載った、警察の指名手配写真さながらの（いや、まさにそのものだった）村田のガン首写真。

記事のタイトルが、

《力道山刺殺男26年ぶりの脚光「妻がホステスに暴行」の現場に立ち会って御用》

とあった。
その内容はと言えば、
《住吉連合会小林会村田組の村田勝志組長とその妻のクラブママが、元ホステスのA子さんが住むマンションに押しかけ、殴る蹴るの暴行を加えて全治2週間の怪我を負わせた。ただし村田組長は手を下さなかったという。A子さんはママを保証人に百二十万円の借金をしたが、病気になって返済が滞ったのに腹を立てての暴行。ママは次の日もやってきてA子さんの電子レンジなどを持ち去った。A子さんの訴えにより二人は恐喝と傷害の疑いで逮捕された》
というもので、同紙は〝スクープ〟と自画自賛しているのだが、果たしてこれが〝スクープ〟と言える代物なのかどうか。
この夕刊専門紙に先んじて、朝刊も《力道山刺殺組長夫婦で女性恐喝》との見出しで報道し、旬日を経ずに週刊誌も、
《草葉の陰で力道山も泣いてる?!　刺殺男の寂しい「逮捕の理由」》
とのタイトルで、写真から何から同じような特集を組み、「力道山事件」の概略に加えて、村田の近隣の人たちのコメントまで入れて面白おかしく大々的に報じたものだ。
週刊誌の女性記者の署名入りの記事は、ペット好きで動物をたくさん飼っている村田を茶化したつもりなのだろう、
《拘置所での村田の様子は、

「犯行については全面否定。糖尿病にかかっていて、自分でインスリンの注射を打っているんです」

力道山を刺した男も、なんだかペットショップで背中を丸めているサルの姿に見えてくるのである》

と思いきりオチョクッて締め括っている。

かくて村田は、マスコミの格好の餌食となったのだった。

だいたい「力道山刺殺」というタイトル自体、事実誤認であり、この事件にしても、不透明な部分が多すぎるのだ。

元マル暴（暴力団担当）刑事の娘である〝被害者〟A子の一方的な言い分だけで逮捕に至ったというのだが、現場にはA子の知りあい二人が同席し、その一人は村田夫人とも共通の友人であるにも拘らず、事情聴取は逮捕後であったというのだから、何をか言わん。

当時はまだ村田のボスの小林楠扶も健在（翌年、死去）で、彼もまた、警察の対応やマスコミ報道には呆れつつ、こう嘆いたものだ。

《村田の女房はそのホステスを可愛いがっていたわけで、だから仕度金を借りる際の保証人にもなった。それなのに病気とかいって借金はそのまま、店をやめたばかりか、別のところに勤めたとか遊び回っているなどの噂だし、居所がわかったので保証人として催促に行ったわけだ。そんな女房が心配で村田は何の他意もなく従《つ》いて行ったんだろう。女房は若いからこじれたら手もあげたろうが、村田が加担すればただでは済まないし、かといって止めに入るのもおかしいと、黙って見ていただけじゃないのかな。……それを力道山の事件まで引きあいに出されては可愛想だよ》(「実話時代」平成元年5月号)

結局、この事件は村田と夫人のクラブママ、ともに不起訴となって、彼らは元の生活に戻った。

その厳とした事実に関しては、一行たりとも報じるマスコミがなかったのは言うまでもない。

光がまだ中学三年生のときの事件であった。それから8年経って、再び父は本来なら事件にもならないことを事件にされ、面白おかしく報じられたのだった。

光には、そんな父親が愛しくてならなかった。

〈私には、パパはどこにでもいる普通のお父さんでしかないのに……どうしてこんなにワーワー言われなきゃならないの?! 力道山の事件さえなかったら、こんな目に遭わなくて済んだはずなのに……〉

今度の場合は、Jリーグのスター選手や人気アイドルが絡んだこともあって、マスコミ報道はよりハデさや揶揄さ加減も増したのだ。

光は23歳、まだ女子格闘家としてデビューする前のことだった。

9

デビュー戦こそ持ち前の喧嘩殺法で、1ラウンド3分で鮮やかな一本勝ちを収めた光であったが、プロ女子総合格闘技界はそんな甘い世界ではなかった。

無手勝流ではあっても、最初のうちは勢いで勝っていた。が、徐々に対戦相手も試合巧者のベテランや強豪とぶつけられ、喧嘩スタイルだけではそう簡単に勝てなくなった。

総合格闘技の技術的なものやラウンド制のスタミナ配分等をまだマスターしていない彼女は、負けるときは相手の圧倒的なテクニックの前に負けることが多かった。

人一倍負けん気の強い彼女は、早くそうしたテクニックを身につけようと必死に練習にも励んだ。中途半端で逃げ出すことだけは願い下げだった。

最初は光の格闘技界入りに猛反対していた交際相手の全日プロレスラー、マウナケア・モスマンも、彼女のヤル気に打たれ、積極的にコーチするまでになっていた。

それでも不思議に女子プロレスラー相手だと負け知らず、連勝街道を突っ走っていたから、これは因縁というより、父親から受け継いだ怨念というべきか——と、光はひとり、苦笑したものだ。

ともあれ、光にとって、真剣勝負《ガチンコ》の女子総合格闘技こそ、若いころにストリートファイトで培った腕と度胸を試せるうってつけの場所であり、いつのまにかそこに生きがいを見出していた。何よりリングで闘っているときが、愉しくて面白くてならなかった。

だから、ガチンコではあっても、光の場合、ただガムシャラに勝てばいいというものではなく、プロらしくエンターテインメント性をも大いにアピールした。

試合コスチュームは迷彩色パンツ。試合開始時の入場シーンでは、売れっ子ホスト数名を従えてヘビメタロックミュージックとともに堂々と入場。

試合後の勝利者インタビューでは、最強の相手への対戦を表明し、中指を突き立て、舌に貫通したピアスを見せて挑発する。

強いだけでなく、なかなかのエンターテイナーぶりだったから、人気もあった。

彼女は当時（平成13年）、某誌にこう述べている。

《私はカラダが大きいから、自分より小さい選手に勝っても全然嬉しくない。それに今、必死に格闘技の技術を覚えてるんだけど、それじゃ、私のケンカスタイルが消えちゃうんじゃないかって不安になってる。このまま荒削りなケンカのスタイルで闘ったほうが私らしいでしょ？

第一、私はどう考えてもベビーフェイス（善玉）じゃないし、ヒール（悪役）じゃないですか。もっと女子の総合格闘技を一般の人に見てもらうためには私みたいなアウトローな存在も絶対必要だと思うしね。

今は格闘技をはじめて夢とか目標みたいなのが見つかった。きれいで格好良くて面白いっていう女子の総合格闘技をエンターテインメントとして一般に広げたいんだよね。

いつか胸張れるくらいの大きな舞台で試合して父親に勝利を報告できたらなぁ、なんて思ってる》

光は女子総合格闘家としておよそ8年間、リングに上がり続け、通算100試合を超えるファイトを繰り広げた。

勝負の世界は厳しく、連戦連勝というわけにはいかず、勝ったり負けたりを繰り返し、通算成績も五割を少々超えたかどうかというところだった。

父の村田も、娘の試合は何度かリングサイドで観戦。とりわけ後楽園ホールで開催された試合は、強豪外国人相手のメインイベンターとして光は登場、その晴れ舞台に父を招待したのだ。

彼女は見事夢を実現させたのだが、その試合で、彼女はかつてないほど苦戦した。

劣勢に次ぐ劣勢、KO寸前のところまで追いつめられた挙句、土壇場で鮮やかな逆転勝ちを収めたのだった。

「バカヤロー！　ハラハラさせやがって……親父の前だからって……」

リングサイドで村田は号泣した。

倒れても倒れても、なお諦めない不屈の根性と闘志に、わが娘ながら胸打たれたのだ。

「やったぞ、おい！」

村田は泣きながら皆と一緒に立ちあがり、叫んでいた。

光は恋人の全日プロレスラー、マウナケア・モスマン（太陽ケア）とは結婚にまでは至らず、自然に別れた。嫌いになったわけでも喧嘩したわけでもなく、きれいに別れたので、いつまでも友だち同士のままでいられたのだった。

その後、互いに別の人と結婚し子どもを持つ身になっても、家族ぐるみのつきあいを続けていた。両方の家族と一緒に食事をしたり、

「どう？　元気でやってる？」

「娘さん、大きくなったね」

とメールで遣りとりするような間柄だった。

光は格闘技界を引退後、しばらくして再婚した。35歳のときで、相手は同い歳の元プロボクサー、元WBA世界チャンピオン、ヨックタイ・シスオーだった。

元チャンプは、光の格闘家時代のトレーナーの叔父に当たるタイ人で、日本で知りあったのだ。叔父といっても、16人兄弟の14番目というトレーナーとは同い歳になるのだった。

光が夫を初めて東京・麻布の村田組事務所に連れて行って、父に引きあわせたとき、村田のほうから先に、

「サワディーカップ（こんにちは）」

とタイ語で挨拶したから、光も驚いたが嬉しかった。

村田はこの時分、70歳。亡くなる4年前のことで、糖尿病もだいぶ悪化していたが、まだ元気だった。

「パパ、今度結婚するよ」

光が結婚の報告をしたときも、村田は、

「そうか。どんなヤツだ？　おまえを任せて大丈夫なんだろな」

心配そうであった。

「ヨックタイ・シスオーって言ってね、元プロボクサーなの」

「――何だって⁈　そいつは元ＷＢＡのチャンピオンじゃないか！」

ボクシングファンの村田は、よくテレビでも観戦していたので、ちゃんと知っていた。

「パパ、知ってるんだ」

「ああ、強いチャンピオンだったな。防衛戦、何度も勝ってたろ。けど、男は強いばかりじゃダメだぜ」

「大丈夫。強くてやさしい人よ」

「そうか、なら、いいけどな……」

村田は正直な男だった。嬉しそうな反面、娘を嫁にやる父親の寂しさが、その表情には隠しようもなく表われていた。

10

明けがたの六本木のラブホテル地下１階の駐車場。停めたベンツの中で、カップヌードルを啜《すす》りな

がら、松本英二は、

〈はて、オレはいったい何をやってるんだろうな……?〉

と、つい考えこんでしまった。

いまごろ上のラブホの部屋では、親分の村田勝志が若いおネエちゃんとせっせと快楽の限りを貪り尽し楽しんでいるというのに……。

〈このオレと来たら、カップヌードルを食いながら、その親分の情事が終わるのを、ただひたすら待つだけの存在なんだからな。……いくら親分に忠孝を尽くすのがヤクザの道とは言っても、これじゃあんまりだよ〉

おまけに今日、村田は、同伴した銀座のクラブホステスと食事したあと、松本の車に乗るなり、

「今日のステーキ屋、二人で8万円だよ。安かったなぁ」

などと宣《のたま》ったものだ。村田にすれば、松本への嫌味でも何でもなく、正直な感想を口にしただけのことなのだが、松本を内心でカリカリさせるには充分だった。

そんなことを考えながら、カップヌードルを食べ終えてうつらうつらしていると、運転席のウィンドウをコツコツ叩く音がした。

見ると、村田だった。ようやく情事を終えて女と二人、戻ってきたのだ。

これからベンツでまず先に女を送り、それから村田を麻布の自宅に送り届けるのが、松本の役目だった。

松本が寝に就くのは、大抵朝7時をまわることが多かった。

土、日曜日を除いて、あるいは渡世の用事がない限り、村田はほぼ毎日、銀座通いを繰り返し、それは亡くなる約一年前――入院する直前まで続いた。

夜な夜な銀座のクラブをハシゴし、ホステスたちと食事し、それから六本木や赤坂に繰りだし、ときには〝お持ち帰りの女〟とホテルにシケこんで、夜が白々と明けたころに帰宅するというパターンだった。

松本から見て、村田は良くも悪しくも銀座ヤクザの典型であった。

毎日夕方、松本の運転するベンツは村田を乗せ、麻布の村田組事務所から銀座へと向かう。ベンツのトランクにはつねに1000万円積んであり、そこから300万円ほど持って、村田はクラブに繰り出すのだ。

村田は銀座でベンツを降りると、松本に、

「じゃあ、頼むぞ」

と手を挙げ、ネオン街に消えていくのがつねだった。これには松本も、ときには、

「頼むぞったって、何が頼むぞなんだか……」

と苦笑し、ボヤいたものだ。なにせ、車で待機するだけの身なのだ。

すると、1時間や2時間もしないうちに、村田から電話が掛かってくることがあった。

「おい、金が足りなくなったから、ちょっと二、三百持ってきてくれよ」

と言うのだ。

〈えっ⁈　いくらなんでも早すぎるだろ。いったい何に使ったんだ？〉

松本も首を傾げながら、トランクから３００万円を引っ張り出し、村田の待つ銀座８丁目のクラブへと急いだ。

〈ハデにチップを配ったか、それとも同伴の女の子に何か買ってあげたのかな……？〉

などと思いを巡らしながら、松本は村田に金を届けると、またさっさと車へと引きあげるのだ。いわば、付き人、黒子の役目に徹していた。

村田も「おお」と受けとるだけで、松本には何も言わず、残りの３００万円もその夜のうちにきれいさっぱりと遣い果たした。

渡世ごとや他の用事が何もない限り、そんな毎日の繰り返しであった。

一年中、夜の銀座に入り浸り、まさしく村田こそは銀座の夜の帝王、これぞ銀座のヤクザそのものだった。ヤクザ＝遊び人の真骨頂を極めたとも言えよう。

それがいよいよ糖尿病がひどくなり、腎臓も悪化し週3回の人口透析が必要となり、入院生活を余儀なくされたとき、初めてそのナイトライフは不可能となった。

いや、むしろ、そんなボロボロの躰になるまで毎日続けていたということこそ、天晴れであろうか。

酒を求め、女を求め、熱い浪漫を求め、遊び人のステータス「世界の銀座」を堂々闊歩し続けた村田勝志。

それができなくなったとき、ようやく村田の時代の終わりが来たのだった。

村田が都内の病院に入院したのは、亡くなる1年半ほど前の平成23年秋のことで、それからずっと村田の世話をしたのも、松本であった。

結局、34年もの間、村田の側で仕えることになったのだが、ときには理不尽な思いをしながらも、なぜ、そこまでずっと離れず村田についてこれたのか、松本は自分でも不思議でならなかった。

村田という男に惚れこんだがため――ということとも、少し違うような気がした。

ただ、ひとつ言えるのは、小林楠扶に仕える村田の姿を間近で見てきて、ああ、ヤクザというのはこんなもんなんだな――との思いを強くしたこと、自分もその通りにやろうとしただけだったのかもしれない。

光が病院に見舞って、父と交わした最後の会話は、

「パパ、元気」

「おお、この間、息子が内緒で持ってきてくれたドラ焼き、あんまり旨いんで涙が出たよ」

「可愛いそうなパパ……」

帰るとき、村田は光の手をずっと握ったまま、なかなか離そうとしなかった。

「じゃあね、パパ、また来るからね」

「おお、待ってるよ」

いつまでも名残り惜しそうに娘を見つめる父の姿が、光には切なかった。

1年半の入院生活を経て、村田勝志が永遠の眠りに就くのは平成25年4月9日午前8時15分のことである。8日前の4月1日に74歳の誕生日を迎えたばかりだった。

力道山が死して早五十年の歳月が流れていた。

力道山を刺した男――村田勝志というドラマにも、ようやく幕が下りたのだった。

本書は書き下ろしの実録小説です。
組織名、肩書きは当時のもので、
一部仮名にしています。（敬称略）

山平重樹（やまだいら・しげき）

1953年、山形県生まれ。法政大学卒業後、フリーライターとして活躍。ベストセラーとなった『ヤクザに学ぶ』シリーズ他、著書多数。近著に『爆弾と呼ばれた極道 ボンノ外伝 破天荒一代・天野洋志穂』（徳間書店）、『撃攘「東海のドン」平井一家八代目・河澄政照の激烈生涯』（徳間文庫）、『赤坂「ニューラテンクォーター」物語―昭和を紡いだ東洋一のナイトクラブ―』（双葉社）、『高倉健からアホーと呼ばれた男 付き人西村泰治（ヤッさん）が明かす――健さんとの40年』（かや書房）がある。

力道山を刺した男 村田勝志

2023年6月2日　第1刷発行

著　者　**山平重樹**

発行人　飯嶋章浩
発行所　株式会社かや書房
〒162-0805
東京都新宿区矢来町113　神楽坂升本ビル３Ｆ
電話　03-5225-3732（営業部）

印刷・製本　中央精版印刷株式会社

ISBN978-4-910364-30-8 C0095